김영하

金英夏

我聽見你的聲音

金英夏——著

安松元——譯

唯有出生的才會死，誕生是欠死亡的債。

——特土良（Tertullian）

《我聽見你的聲音》媒體好評

這部小說非常好讀，它用輕盈的腳步蜿蜒前行，牽連出悲傷甚至恐怖的事件，但完全不做評斷。金英夏更接近比今日更具實驗企圖的那些作家，包括丹尼爾．狄福（Daniel Defoe）和湯瑪斯．納許（Thomas Nash），他們任故事和主題發展到極致，即使是走到了那些惑人、陰暗與潮溼的角落，他們也不怕停留在這樣的地方，看看會有什麼發生。金英夏與他們都有著不設防的好奇心與深切的紀律，通常我們只能擁有其一。金英夏此書儘管篇幅不長，完成度卻很高，並留給這部佳作一個奇蹟般的結尾，一個難得的犒賞。──歌手、小說家 約翰．達尼爾（John Darnielle）

南韓知名作家金英夏用糾結緊張、戲劇性的開場擄獲了我們……這是個堅韌的故事，要貼切形容它，大概就是試著在沉淪之中存活。……金英夏先前寫過不少荒涼的劇情……這次他更進一步，把黑暗的調性混合粗糙的質地……成功地巡禮首爾的脆弱地帶，檢視了（或說是挖出）都會文化。金英夏毫無保留地描繪心懷不滿、沒有社會歸屬感的年輕人，他們成為行為不檢的邊緣人。書中人物明顯流露出痛苦的異化疏離，如同村上春樹的小說。這本迷人的小說探討了在滑行之路、在邊緣地帶，終極說來是在快車道上的生命。──《國民報》（*The National*）

故事描述了一名孤兒的困境，他的青少女媽媽在客運總站生下他之後就失去蹤影，也設定了這部黑暗的故事，探討了青少年幫派和韓國城市生活的黑暗面……東奎儘管還是青少年，卻選擇離家去加入傑伊，他對傑伊懷抱著崇拜、妒忌等複雜情緒，故事之中都有生動描繪……小說凸顯了這群堅韌的青少年的街頭生活，捕捉他們的憂慮、厭倦和脆弱。——《出版人週刊》（*Publishers Weekly*）

對於被棄絕的青少年、濫用暴力，以及無可挽回的社會分裂，一回痛苦的檢視。——《書單》（*Booklist*）

金英夏這位多產且不拘一格的作家，把韓國邊緣人的破碎生活用藝術之筆呈現。……如同引擎變換齒輪，金英夏的敘述從東奎第一人稱回顧，轉為一位謎樣警察的全知視野，再到作者自己的聲音，一場戲劇化的飆車帶來驚人的結局，留下更多的疑問而沒有解答。……金英夏的同理展現在筆下最古怪、邋遢的小說人物身上，讓我們生動地看見首爾這城市邊緣生活的景象。——《柯克斯評論》（*Kirkus Reviews*）

從空中垂下一根繩子，那首先就顯得奇怪。不過，由於現在還只是開頭，所以大家都沉默著。神情肅穆的魔術師命令小助手，叫他順著繩子往上爬。畏懼而躊躇的小助手開始攀握住繩子，往上爬，往上爬，再往上爬。他的身形原本就小，現在變得更小了。終於，他從觀眾的視野中消失了。魔術師朝空中大喊：「好了，現在下來吧！」可是沒有聽到任何回應。魔術師的喊聲越來越大：「行啦，下來吧！聽不到我說什麼嗎？」還是沒有回答。觀眾的疑惑正在加深：繩子到底延伸到了何處？剛才上去的孩子現在怎麼樣了？是否已經抵達不尋常的世界——那個我們稱之為天國的奇幻世界？

魔術師氣呼呼地爬到繩子上。他為了尋找失蹤的孩子，順著繩子開始向高處爬去，不久，魔術師也從觀眾的視野中消失了。幽靜的天空驟然變得沉重，仰望空中的人們脖子開始發疼。此時，小助手的手臂、腿、頭、軀幹突然依次從高空墜落下來，隨著悶響，鮮血向四處飛濺。白色的大理石板，猶如打翻紅酒的白色桌布，顯得殘酷而混亂。受到驚嚇的人們紛紛向後退去。很快，兩手沾滿鮮血的魔術師順著繩子爬下來，他臉上的怒氣未消，撿起小助手散落四處的肢體放入桶子裡，接著將桶子粗暴地放在後面。繼而，他用斥責般的眼光，掃了觀眾一眼：你們還想看什麼？

就在這時候，魔術師的背後好像有什麼東西在發出響動。孩子掀起蓋在桶子上的墊子，像是剛從長長的午覺中睡醒，揉著眼睛走了出來。魔術師並不吃驚，甚至泰然自若，似乎對他來說，在生死之間穿梭是微不足道的事情。孩子失蹤了，失蹤的孩子死掉了，然後死掉的孩子又重新活了過來。孩子用柔軟的軀體翻了跟斗，給不相信自己復活的觀眾瞧瞧。現在放心了，孩子確實活著。腿和手臂上的血液都還在流動，肌肉和關節也活動如常。至此，大夥才開始熱烈鼓掌。

第一個將這段魔術記錄下來的，據傳是阿拉伯世界的旅行家伊本．巴圖塔（Ibn Battuta）。元朝末年，他在杭州目睹這一驚人的魔術，然後記錄到他那本浩瀚的遊記當中。到目前為止，無數種魔術的祕密都已揭穿，只有這個「繩子魔術」的祕密仍然遮蔽在面紗之下。

另外還有從中國傳來的故事。據稱，這個魔術曾經在一個皇帝面前表演過。結果小皇帝上當了，徹徹底底上當了，所以他非常開心。皇帝深深陶醉在神奇的魔術中，不過他卻意猶未盡，遂把目光看向在身旁搧扇子的太監。太監哆哆嗦嗦地被人押了下去。別擔心，魔術師很快會讓你活過來。

一位老臣上前規勸皇帝，說那只不過是障眼法。是不是障眼法，試一下不就知道了嗎？皇帝一臉好奇地望著魁梧的軍人揮刀砍向太監，血霧中泛起了一道彩虹。魔術師轉頭避開這慘烈的場面，慌忙順著繩子爬向天空。魔術師從雲層中消失後，繩子落在地上蠕動，看起來就像升天未果的巨蟒。

第一次聽到這個故事時，我想知道的是，魔術師從雲層消失後去了哪裡？但是，如今讓我牽掛的是，魔術師消失後，在淌滿太監鮮血的現場中，獨自留下的少年助手是什麼下場。

第一章

在沒有我的世界，他們顯得很幸福。
我是不是只有徹底消失，才能夠讓
他們重新回到那個時候？並不是「我
不在他們也能幸福」，而是「因為
沒有我他們才幸福」。

1

耳際上的寒毛還沒有褪盡的少女，吃力地推著超市購物車向前走，不過反過來看，倒像是購物車在拖拽著她。購物車裡的背包閉得死緊，少女的耳朵上塞著耳機。如果不是面孔過於稚嫩，她看起來和車站裡那些隨處可見的流浪漢沒有什麼兩樣。她的眼角和唇邊沒有那種飽經風霜的凶惡之徒特有的狠勁。她推著購物車的雙臂雖然細長，上身卻略顯肥胖。腳上的運動鞋也沒穿好，在地上拖行。

高速客運轉運站，是名為首爾的這個巨大城市所做的一場噩夢。嗓音沙啞的基督教狂熱信徒，和幾個錢就可以出賣肉體的男妓；唱著讚美詩的缺腿乞丐，和隨時準備向容易上當的進城旅客下手的騙子；沒有地盤的流鶯，和蹺家的十來歲少年；相信外星人到來的新興宗教教主、叫賣小販和扒手，他們彼此憎恨卻共同生活在這裡。在敲著木魚乞討的假和尚背後，做腎臟交易的漢子接上了頭；無法讓氣血旺盛的妻子得到滿足的早洩症男人，接過效果可疑的白色藥粉，正將錢付給沒有行醫執照的韓醫。另外，宣揚唯有信徒才能透過「被提」[1]得到救贖的末世論者，也隱藏在轉運站的各個角落。根據他們的預言者所得到的啟示，被提日將在一九九二年十月二十八日[2]。從那個時代的凶險預言中，可以聞到爛熟的

1 被提是指耶穌復活時會帶著獲得救贖的信徒飛升天堂。
2 當時韓國一個主張末世論的傳教會，曾預言這一天是被提日，在社會上引發不小的騷動。

果實散發的味道。候車室裡巨大的電視螢幕上正在播放新聞：中華人民共和國和大韓民國將結束長久以來的敵對關係，正式建交。數千輛客車進進出出，數十萬人擦肩而過。

幾乎沒有人注意到她。只有一個酒精中毒的老人用陰鬱的目光看向她，但是當少女推著購物車走進廁所時，他便立刻失去了興致。

少女打開殘障專用廁所的門，把購物車推進擱置輪椅的空間裡。她鎖上門、拿起背包，接著就把屁股靠坐在馬桶上。她從放在膝蓋上的背包裡取出成人用紙尿布，費力地把身上的運動服脫下來，放在推車裡，然後解開肚子上結實捆綁的束腹帶。束腹帶一解開，大圓肚子便突然下沉。她從內褲裡抽出濕透的尿布，扔進了垃圾桶，一股濃烈的腥味立刻瀰漫開來。她擦拭額頭上的汗水，看了手錶一眼。她的呼吸急促，間或有意識地呼、呼、呼的深呼吸，不過規律的呼吸立刻就渙散了。劇痛猶如經驗豐富的酷刑高手，時而放過她，突然又肆意折返。

垃圾桶中的尿布逐漸堆高，灼熱的液體不斷從她的體內流出，尿布來不及吸收的體液淌滿了地板。女孩無力地望著從身體流出的羊水弄濕大腿和腳踝，最後流進纏著髮絲的排水口。劇痛再次襲來，她爆發出一陣淒厲的叫聲。

在叫聲未了之際，傳來有人推門進入廁所的聲音。她再不敢出聲，用拳頭堵住嘴巴。進來的那個人一走進沒人的廁間，首先沖了水。聽到打火機擊打的聲音之後，一股煙霧隨即飄了過來。那人又沖了一次水，砰的一聲關上門，然後急匆匆地走了出去。

陣痛的週期在逐漸縮短。當她深陷於永遠無法擺脫這場劇痛的恐懼，準備放棄一切的剎那；當劇痛就像殘忍的怪物用數千個利爪撕扯她的小腹，讓她準備束手投降的剎那，一股熱氣陡然從頭頂一直擴散到腳尖。劇痛消失得無影無蹤，甚至油然生出一種荒誕感。所有的痛苦好像都順著一個被拔掉塞子的開口，打著漩渦傾瀉而出。她在馬桶座上勉強支撐住癱軟的身體，神情茫然。她低下頭望著與自己的身體連在一起的那個陌生東西。被血和羊水包裹起來的肉團只是在張合著嘴，沒有哭出聲來，眼角的皺紋在顫動。在招來麻煩之前，一定要先解決此事！她勉強把身體彎下去，撈起地板上濕漉漉的肉團。她遲疑了一下，還是毅然從背包裡取出剪刀，拿在左手，用拋棄式打火機消毒之後，剪斷了臍帶，然後把帶血的打火機扔進垃圾桶。打火機沒有投進去，而是掉在地上。她抱起嬰兒，就在那一瞬間，嬰兒突然爆出哭聲：就像從人孔蓋噴湧而出的梅雨季地下水，哭聲猶如漩渦，在她蹲坐的廁間擴散，然後向外溢出，傳遞到喧鬧的轉運站，撲向了人群。她立即堵上嬰兒的嘴巴，卻無濟於事。人們聽到那異常的悲鳴，都在瑟瑟顫慄著。在這個以無視他人為唯一道德圭臬的地方，人們第一次感受到陌生的羞愧感。剛剛來到這個世界的嬰兒，他的哭聲具有喚醒每個人身上罪惡感的魔力，甚至包含強烈的警訊：一定要將自己從即將發生的悲劇中解救出來。驚駭的人們像受驚的牛群一般，衝向傳出哭聲的地方。

就在她用帶血的手想掐住嬰兒的喉嚨時，就在嬰兒強烈的求生意志即將消滅之前，人們衝了進去。一個男人抬起腳把門踹開，損壞的鉸鏈隨即鬆脫並彈到半空中。如果不是新生兒猛烈的哭聲像尖錐刺入耳朵，這裡看上去就像殘忍的殺人犯蹂躪少女後逃逸的現場。地板上流淌著少女身上流出的暗紅血液和羊水。在血腥味的刺激下，大夥像猴子一樣大聲驚呼。突然伸出的許多雙手和腳，看起來就像從天而降的婆羅門教神靈。

警察和救護車很快就到了。急救人員給躺在擔架上的女孩打了鎮靜劑，她立刻就昏睡過去。那是小時候居住的兩層樓房，她正睡在兒童床上，上方有一團黑漆漆的烏雲盤旋，似乎馬上就要灑下雨滴的模樣。她躺在床上，望著頭頂上的烏雲這麼想著。到達醫院後，護士一把將她移到醫院的病床上。她突然打量起四周，剛剛我手裡捧著的那個肉團，到哪裡去了？在救護車上也不記得見過。但是，那個……應該叫它什麼呢，那個肉乎乎、濕溜溜，哭聲喧鬧的小肉身？模糊不清的詞彙，在她空洞的大腦縱橫馳騁。一個單詞浮上水面，顯露出形象。

「孩子，孩子在哪裡？」年輕的醫務人員將狂叫著翻身而起的女孩，按在病床上。

2

高速客運轉運站附近，有一個可以滿足市內全部鮮花供應的大型花卉商家。沒有長腳的植物在這裡被搬來搬去。鮮花從全國各地的溫室集中起來，再配送到市內的花店、結婚典禮、畢業典禮，還有葬禮上。從出生、讀書、戀愛，到患病、死亡，花伴隨了人生的各個重要階段。不管是放到屍體旁邊的，送到新婚夫婦手裡的，或者是畢業生手上的，枯萎的花都不受歡迎。所以，花朵這種被截斷根莖的植物，必須立刻送到需要它的地方。

把傑伊帶大的人是豬媽媽。不知道從什麼時候開始，大家就這麼叫她。她沒有結過婚，也沒有生過孩子，並沒有足以讓人聯想到豬的地方，可還是有了這個名字。以她的年紀來說，身材還算苗條，而且也不貪吃。她在花卉商家的角落經營一間小店，賣咖啡、飲料、吐司和水煮蛋，還有餅乾和拉麵等等，顧客主要是花販和送貨人。送貨人總是囫圇吞下煎蛋吐司，然後把客人預定的花圈放到摩托車後面，駛向大街。從行駛中的摩托車後方望去，巨大的花圈擋住騎士的身影，看起來像是花圈掛著輪子在奔馳。

在轉運站的廁所，傑伊剛剛誕生到這個世界時，豬媽媽正在從銀行回來的路上。傑伊的哭聲引得人們如平原上的蝗蟲開始奔跑時，豬媽媽也捲入人流，不一會兒就趕到人聲鼎沸的廁所。不知是誰把剛從母親身上脫落的滑膩血團交給她。甫從夭折的命運中逃生的嬰兒，一來到豬媽媽的手上，便立刻止住那令人窒息的哭聲。嬰兒望著她，就像看著手持刮鬍刀的理髮師，豬媽媽後來如此回憶。她把嬰兒帶回小店，先用溫水洗乾淨，再用乾淨的布包起來後抱在懷裡。遠處廁所的騷動還在繼續，但是似乎沒有人關心嬰兒的下落。那一天，她的小店提前打烊了。

豬媽媽和嬰兒剛到家時，三歲大的貴賓犬聞到氣味，蹦蹦跳跳地跑過來，衝著嬰兒汪汪地叫了起來。她脫下變得潮濕的胸罩，用兩手摸著乳房。

「這到底是怎麼回事？未婚女人的乳房居然在出奶水。」

豬媽媽幫嬰兒洗澡時，在嬰兒後背發現奇怪的東西。她小心翼翼地撫摸隆起的肩胛骨，嬰兒不覺得疼痛，仍然笑盈盈的。

3

抱來傑伊三年之後，豬媽媽關掉轉運站的小店，在江南一家酒吧找了份廚房裡的工作，隨之便搬到我們家的樓房。當時，我家正在改建兩層樓的老房子，打算改成可以容納六戶人家的三層樓，二樓和三樓各住兩戶、半地下室一戶，一樓則是房東家自住，也就是我家。幾名來自巴基斯坦的工人住在半地下室，獨身男子和患哮喘病的老人分住在三樓，傑伊家和一名中國飯館的外送員分住在二樓。

傑伊給我留下的最初記憶是，他顫巍巍地站在餐椅上，向上伸著雙臂，突然間失去平衡，伴隨著一陣嘈雜的聲音朝我摔下來。我不記得有大人跑來，也不記得去過醫院。只記得傑伊摔倒在地上，有種鈍重的疼痛穿過我的身體，把我釘牢在地板上。我本來以為，傑伊自然也會記得這件事情，但是問過幾次，他總是搖著頭說不記得。我比傑伊本人更清晰地反覆回想這件事情，令我感到莫名的委屈。可能當時傑伊暫時昏厥，可能當時他年紀太小，已將此事忘得一乾二淨。不過，每當我想起傑伊時，這個場面總會像電影預告片一樣，浮現在我的眼前。這個說不定是我後來才虛構出的記憶，經常伴隨其他的感覺一起出現：站在高處的傑伊失去重心，開始搖搖欲墜時，我的心臟也劇烈地怦怦跳動，隨之便一陣眩暈。不知從何方傳來嗡嗡嗡的聲響，至少斷了一片扇葉的電風扇，發出強烈的旋轉聲，我的手被汗水濕透，呼吸也變得急促，空中似乎隱約有一股汽油的味道。我留存的記憶包含這麼多種感覺，至少我自己是無法否認的。總之，我相信我不是誤植了曾經看過的某個電影畫面。

傑伊額頭上新月狀的疤痕，大概就是在那時留下的。傑伊每次在想什麼事情時，總像是要蹭掉橡皮上的汙垢一樣，用右手的食指在疤痕周圍摸來摸去。他屢次朝向我摔下來，在逆光中張著雙臂，那是為了將我釘牢在驚悚與痛苦之中。

4

有一天，叔叔領著我和傑伊去河邊，我們帶了可遠端遙控的模型直升飛機。剛開始，我和傑伊看到模型機像蜜蜂一樣，嗡嗡響著飛來飛去，覺得很好玩，可能還笑呵呵地拍手，甚至向它伸出過雙臂。不過，正在操縱直升機的叔叔，突然讓飛機朝我飛了過來。那是我經驗到的，不，是我記憶中最初的恐慌。我似乎覺得那個發出嗡嗡聲的巨大物體（當時是那麼認為）要向我發動攻擊。現在，每當我閉上眼睛時，仍會想起在空中盤旋的模型機，它那雙充滿惡意的蜻蜓大複眼。叔叔見我渾身發抖，癱倒在地上，迅速讓飛機朝其他方向飛去。跟著主人出來遛達的小狗狂吠著追趕飛機，手裡拉著狗鏈的主人也興致勃勃地看著。此時，只有我一個人在恐懼中瑟瑟發抖。

傑伊和我不一樣。他像是要以心靈感應操縱模型機，死死地凝視著它，好像連眼睛都沒有眨一下。他就像精神病院裡整天站立不動的僵直症患者，繃緊雙腿和手臂，盯著空中飛來飛去的直升機。傑伊那紋絲不動的怪誕姿勢，讓我停住哭聲。我不禁想著，他是不是真的在和那架模型直升機對話？

我不太清楚，我是在這之前還是在這之後，開始不說話的。不過，可以肯定的是，在那天之後，有好長一段時間，我不曾用語言表達過自己的想法。大腦像是被巨大的鑷子緊緊夾住，那種壓倒一切的恐怖感（對了，就像是用舌頭去舔生銹的鐵片，所感覺到的滋味），依舊記憶猶新。我不知道留在我記憶中的為什會是那種味道，總之，此後我就不能說話了。我能聽懂別人說的話，也可以讀書和寫字，只是無法把話說出口。一旦試圖開口說話，舌頭立刻就會僵住，腦中一片空白，「話」就在舌尖打轉。要是再努力一點，似乎就能夠做得到；再加把勁，好像就可以辨得到。然而，就在此時，我的心臟突然急速跳動，攥緊的手中開始出汗，最後還是覺得無論如何也做不到，不得不再次把嘴巴閉上。那就像被恐懼壓制時的感覺。在媽媽的記憶中，我在三歲以前不僅能夠說話，而且說得很好，但不知從何時開始漸漸不愛說話，後來連在媽媽面前也不開口了。不過，這只是媽媽單方面的說詞，在我的記憶中，我是個從來沒有說過話的孩子。

說到直升機，我又想起叔叔的一件事情。那時候，叔叔想當警察，為了準備考試來到首爾。他剛從軍隊退伍，頂多只有二十二歲。叔叔沉默寡言，給人一種粗鄙的印象。我一開始就不喜歡他，而他對我這個侄子也沒有什麼好感。叔叔白天去補習班，晚上在K書中心複習功課，只在家裡吃早飯和晚飯。那時，父親是身著便服上下班的刑警，偶爾會帶著一身刺鼻的味道回家，可能是在示威場地鎮暴時，沾到了催淚彈的粉末。在我的記憶中，父親和特定的嗅覺氣味有關。父親在深夜搖搖晃晃、粗暴地闖進家裡時，總有一股辛辣的味道和暴戾之氣隨他一同進屋。光是這個模糊的記憶，就足以把我刺激得情緒緊張。

爸爸不在家時，叔叔有時會陪我玩，但是並沒有留下愉快的記憶。叔叔住在和廚房相連的那個「老媽子房間」。他非常不喜歡我突然跑進去，每次都會大叫一聲。那個房間要先經過廚房的小門才能出入，位置又偏僻，關上門時別人頂多以為只是倉庫。叔叔每次從那裡出來，我都會嚇一跳。在年幼的我看來，它就像通往另一個世界的暗門。我曾經趁著叔叔去補習班時，偷偷進去過幾次。屋內的各個角落，瀰漫著沒有乾透的衣物所散發的霉味，還有一股像是腐爛的果實散發的味道。房間天花板上莫名其妙的貼著夜光星圖，關上電燈時北斗七星會發光。這東西讓我感到神奇，於是跑進房間不停地擺弄電燈開關。

叔叔通過考試，當上了巡警[3]。爸爸在公布之前就已得知，提前告訴了家人。弟弟也當上警察，似乎讓他有點激動。我至今還記得滋滋作響的油濺聲、脂肪燃燒的刺鼻味道，還有半熟的五花肉軟膩的口感。傑伊為了蹭飯，下樓來到我家。媽媽在廚房忙碌進出，父親興奮地大聲說笑。我躲在沙發後面盯著叔叔看。他的臉在對著父親時顯得表情爽朗，避開父親時卻顯得冷漠和嘲諷；我記得，這截然相反的表情曾讓我感到十分困惑。或許那是我第一次看到，藏著祕密的人有一張什麼樣的面孔。

爸爸酒量小得不像個刑警。夜還沒有深，他就已經不省人事。我和傑伊蹲坐在電視機前看卡通影片。叔叔佝僂著身子坐在烤盤前面，夾起幾塊冷掉的肉吃下後，突然站了起來。

「好了，得走了。」

媽媽在玄關送叔叔離開。叔叔身旁的大背包裡塞滿他全部的隨身物品。他像是對什麼深感不滿似的，直挺挺地立著。叔叔正要出門，我撐起身體，目光越過沙發的後背投向玄關。正在這時，叔叔驀地打了媽媽一個耳光。看起來就像是藏在身體裡的一隻長手臂突然伸出來，緩緩地畫出一個半圓，準確落在媽媽臉上。啪的一聲，似乎至今仍在耳邊作響，那是異常淒厲且令人不快的聲音。啊，是機器人刑警，加傑特神探！我腦海中最先浮現的是當時非常喜歡的動畫電影主人公。直到那時，我都還以為兩個大人在玩一種有趣的遊戲，

3 韓國警階共分十一級，最低為巡警，其上依序警長、警查、警衛、警監、警正、總警等等。

只是叔叔並沒有就此住手，又打了媽媽一個耳光。默不作聲地連續被人打兩個耳光，究竟意味著什麼，當時還年幼的我無法猜度，不過仍然感到一股不祥之氣，至少預感到了危險。在房間躺著的爸爸，沒有任何動靜。我下意識要猛然起身，但是傑伊抓住我的手臂，把我按了下去。那個力量斷然且堅決。傑伊將食指豎在嘴上，打出要我安靜的信號。傑伊那天迥異於同齡孩子的謹慎態度，給我留下不舒服的記憶。

我們又把目光轉回電視上。但是，我全身的所有感覺都向著有事情發生的玄關。不久，聽到了叔叔砰一聲甩上大門後走出去的聲音。媽媽收拾完飯桌，開始洗碗。隨著碗筷碰撞的聲音時斷時續，數度出現寂靜不安的時刻。我不忍去看媽媽的背影，和傑伊一起把目光盯在一幅幅雖然不斷在移動，卻沒有意義的電視畫面上。

此後，叔叔還是經常來我們家，彷彿什麼事情都沒發生過，和媽媽一如從前相處得很自然。這時，我總是會懷疑，那件事情是不是真的發生過？當然，不全是那個原因才導致我不能夠說話的。毫無疑問的是，此後我一直沒有說過話。不過，沒有人把這一症狀視為嚴重的問題，只把我當成是一個聽話的孩子。在幼兒園老師把媽媽找去，告訴她我有問題之前，媽媽應該已經察覺到了，只是沒有勇氣面對而已。明早就會好起來的，沒有什麼大不了的，說不定媽媽一直這樣安慰自己。

此後沒過多久，爸爸和媽媽開始激烈爭吵。夫妻倆吵得非常厲害。每當他們相互咒罵，把碗盤扔到牆上砸碎時，我就憂心忡忡，他們是不是已經忘掉我這個孩子的存在？有一次，我看到爸媽結婚時拍的影片，那時我也感受到類似的恐懼。螢幕中，一對男女開心地笑著和賓客打招呼，因為對未來的憧憬而顯得激動。在沒有我的世界，他們顯得很幸福。我是不是只有徹底消失，才能夠讓他們重新回到那個時候？並不是「我不在他們也能幸福」，而是「因為沒有我他們才幸福」。我滿腦子都是那個可怕的想法，慌張地關掉播放機。

由於不能說話，我上不了幼兒園，只能待在家裡重複翻看那些已經看過的童話書，或者用玩具編故事獨自度過一天。媽媽像是用刺拳警戒對手的拳擊手，始終和我保持距離。在我的記憶中，媽媽從來沒有深情擁抱過我，也沒有憐愛地撫摸過我，對待我就像對待鄰居暫時寄放的小狗。我是在錯誤的時間、錯誤的地方出現的不速之客。沒有任何人需要我，這一點已經越來越明顯。我可以感覺得到我的體內，語言逐漸在湧上來，可是我終究沒有開口，不，是無法開口。唯一願意和我這樣的人在一起的，只有傑伊。當時沒有人知道我罹患的是一種焦慮症——選擇性失語症。日後，僅僅知道有這個痛苦的名稱，就足以讓我有種得到救贖的喜悅。意思是說，除了我之外也有人罹患這種病。

我說不了話，傑伊並不覺得有什麼。他好像在對我說：如果你不想說話，不說也沒關係。我們在公園攀爬架上默默待上半天，又在巷道裡閒晃，然後回到家裡看電視。

豬媽媽下午很晚才出去工作，臨近午夜才回到家裡。我和傑伊有時會跟著她去酒吧消磨時間。那時金融危機還沒發生，酒吧生意興隆。豬媽媽近乎沒有休息日地工作，菜單上沒有列的菜，只要常客點了就得做出來。有人想吃筏橋的泥蚶，還有人想吃塗抹厚厚醬料的烤黃太魚。把解酒湯端進一群醉客的房間裡，也是豬媽媽份內的工作。

「有錢人不喜歡別人都要的東西。難伺候、性子又急，這就是有錢人。」

豬媽媽經常這樣講。在海邊長大的豬媽媽廚藝精湛，很受客人喜歡。在江南中心地段擁有數棟大樓的一位常客甚至說，他上這兒來不是為了喝酒，而是為了吃飯。

「胡說！只要在這兒一坐下，就得花掉一輛車的錢，誰會上這兒來吃飯？」

豬媽媽聽到這話時嘖嘖稱奇，但是看起來心情很好。後來她又將客人說的這些話轉述給別人聽。

現在嗅一嗅鼻子，好像還能夠聞到酒吧裡的氣味。邁入通向地下室酒吧的臺階，兩側的牆面散發與外部截然不同的氣味：濃重的漂白水味之外，有一層淡淡的芳香劑，是小蒼蘭、茉莉花和薰衣草的香味；黏膩的動物性氣味，猶如滴在黑咖啡上的奶油，滴溜溜地在打轉。這個充滿人工香氣的奇異通道，彷彿是一道隱祕的神殿入口。

酒吧內部是極簡藝術的設計風格，以黑色和古銅色為主色調，照明是昏暗的鹵素燈。我痴痴地望著那些微弱的光線，它們就像飄落在地毯上的初雪。連接廚房和倉庫的狹窄通道上，有一條可以偷窺到入口處的細縫。到了營業時間，繫著蝴蝶領結的男服務生瞇著眼睛微笑，站成一排。女人還沒有出來，她們還在黑暗中欣賞自己的美貌，然後像是迎接突然而至的貴賓，踏著急匆匆的腳步跑出來，露出燦爛的笑容。一旦女人帶著男客走進包廂，媽媽桑就會把酒交給男服務生送到房裡。媽媽桑一整晚忙著把那些女人從這個房間安排到那個房間，或從那個房間安排到這個房間。每當我想到那家酒吧，就會莫名其妙地聯想起在電影中見到的中世紀修道院：一身黑衣，在掩緊的密室之間來回的女人，還有那些上門光顧的有錢有勢的男人。只有間或爆發出來的怪叫聲和歌聲，顯示這裡不是修道院，而是酒吧。然而，這個地方也存在著令人驚訝的禁欲氣息，即使有那麼漂亮的女人陪在身邊，男人們也能嚴守禁忌，止於喝酒。酒吧的極簡藝術風格和有限度的裝飾，加上大理石地板散發的氣息，似乎在表明這裡不是廉價的花街柳巷，而是高級的商務辦公室。打扮得像祕書般的女人隨侍在側，男人則在性方面表現得意外的節制。

媽媽桑發現我們在走道跑來跑去，揪住我們的耳朵警告。

「要是被客人看到，就把你們全都攆走。」

話傳到豬媽媽耳裡，她也警告我們。

「你們一定要聽媽媽桑的話。客人就是不想見到你們這種小孩，才會花大錢來這裡。想看小孩的話，他們幹嘛不回家，為什麼要來這裡？」

此後，除了大廳和包廂之外，所有地方都接納了我和傑伊。通常，我們在廚房吃完宵夜，就到貯酒庫玩一會兒捉迷藏，然後再到男服務生的寢室睡覺。我們從男人凌亂且臭氣薰天的寢具，看到了貧窮真實的面目。在美的神殿中侍候的男人，胳肢窩裡散發著惡臭。其中有一個叫做大力水手的服務生，由於我們總是在廚房和倉庫之間竄來竄去，所以他叫我們「老鼠」。他的右手臂有讓人看了頭昏的藍色紋身，有時他會捲起袖子，得意地展示紋身給我們看，他一用力，紋在手臂上的字就像蟲子一樣蠕動。

偶爾，一時興起的女人會把我們抱在懷裡。每當熱氣呵到我的脖子上，小雞雞便會硬起來。每天和男人打交道的女人，確實有一種特別的能量。至今我仍喜歡那種被緊摟懷中，叫人喘不過氣的擁抱姿勢。當我明白，這個世界上再沒有人能夠讓我體驗到六歲時最初的興奮；當我一再醒悟到，過去的記憶無比清晰，而新的體驗永遠難以企及時，人生就開始變得無聊了。我過早懂得了這一點。

有段時間我以為年輕女人都很苗條，那可能是因為我在酒吧裡度過童年。當然，酒吧裡也有例外，有一個胖胖的女人，一見到我們就會任意擰我們的臉，或是打我們的屁股。我們一直躲著那個魔女，但她總是能夠神奇地找到我們。她先是張開那滿是酒氣的嘴巴嚇唬，好像要吃掉我們似的，接著立刻揪住我們的耳朵。有一天，傑伊用指甲在她的絲襪上刮出一條縫，她就真的像魔女一樣發狂。酒吧裡的女人認為，絲襪被勾破或指甲弄斷了，都是很晦氣的事情，那會讓她們很不高興。

那天，大力水手和魔女進到貯酒庫時，我們正躲在用酒箱擺成的僻靜藏身處，在那裡看漫畫。他們可能不知道我們在裡面，一進到倉庫裡就相互對視，然後站著開始相互撫摸身體。堆疊在棧板上的啤酒箱子發出火車行進般的聲音：咯噔咯噔，噹啷噹啷。他們倆人如同海水中的植物，糾纏在一起搖擺，動作越來越激烈，正當魔女要喊出聲時，大力水手堵住她的嘴巴。他們之後的動作開始變慢，接著直起肆意彎曲的身軀，像淋雨的狗一樣抖動身體，整理完凌亂的衣衫後，一前一後走了出去。那彷彿像是一部短幕劇：兩個演員依次登上舞臺，入戲後充滿激情地完成自己該做的事情，隨之迅速退入後臺。大力水手那個看起來很悲壯的肉棒，在我眼前晃蕩的景像，至今仍在我的眼前浮現，我很難想像那是人體的一部分。大力水手低頭打量那個玩意兒，好像在示意，你今天辛苦了。他用右手撥了一下，接著一口氣提上褲子。晃蕩的肉棒像蛇吐出的舌頭一樣，咻地縮進他的身體時，我趕緊憋住氣。

導致我們從這個樂園遭到驅逐的事件，也發生在那間倉庫。有一天，我躲在角落聚精會神地看漫畫，突然回過神時，發現傑伊已經爬到蘇格蘭威士忌酒箱堆疊的塔上。我招手叫他下來，但是他沒有朝我這邊看，反而像是試圖召喚某個身在高處的人，把右手伸向前方，緩緩地站起身來。傑伊顫巍巍地保持平衡，似乎準備要跳到一步之遙的啤酒箱子堆上。我為了把傑伊帶下來，急忙踩著酒箱以之字形往上爬時，傑伊失去了平衡，開始搖晃起來。他雙臂前伸、重心壓低，彷彿是一名不得不屈服於強權，準備要跳舞的不情願小舞者。酒塔越來越傾斜。傑伊俯下身，兩手緊抓箱子，但這反而加速了傾斜。箱子裡據說是在橡木桶裡藏了十七年的威士忌，隨著一聲巨響向四周散落。直到酒塔即將傾覆之際，傑伊才求援似的看向我。這個動作讓他沒有掉到威士忌散落處，而是朝反方向我這邊摔了下來。昂貴的威士忌灑落一地，甜甜的酒味很刺鼻，令人腦袋發暈。淋濕我後背的冰涼液體，感覺像是人的血液。大力水手抬起癱倒在我身上、已經昏過去的傑伊，把他抱了出去。如果要說賣酒的人有什麼長處的話，那就是他們面對任何驚人的事故都能處之泰然。他們不發一語地收拾破碎的酒瓶，用抹布擦乾地上的蘇格蘭威士忌。然而，我能從他們偷瞄的眼神中察覺到，他們對我們的不幸有點幸災樂禍。

我被帶到廁所，給強行扒光身上威士忌濕透的衣服，然後兜頭淋浴。媽媽桑扔過來一件印有皇家起瓦士商標的促銷圓領衫，說道：

「遊戲結束了，以後你們別到這裡來，知道了嗎？」

豬媽媽一輩子都沒有去過海外旅行，不知道關島是在太平洋還是大西洋。如果一九九七年八月六日，大韓航空八〇一班機沒有在暴雨中試圖迫降關島哈加納機場，那麼她的人生永遠都和關島沒有任何關係。由於天氣惡劣、導航裝置故障，再加上機組人員判斷失誤，那架波音七四七客機最終撞上關島哈加納機場附近的尼米茲山，機上乘客包括酒吧老闆和魔女。豬媽媽失魂落魄地盯著電視上的特別新聞報導。在酒吧那麼多美女中，老闆為什麼偏偏帶上最醜的魔女？豬媽媽像是百思不得其解，嘴裡自言自語。

收購酒吧的新老闆進行大規模裝修，撤換了原來的媽媽桑。新的媽媽桑帶來了自己人，廚房也不例外，豬媽媽因此丟了工作。

直到很久以後，我和傑伊只要一沒有話題，總會回到那個時期。對我們來說，那個地方就像不可企及的烏托邦，食物無窮無盡：只要把一張寫好點單的紙條塞進小孔，就會變出酒和豐盛的下酒菜，由熟練的服務生托在手上送出來。新鮮的水果和晒乾的海產，美國產的肉脯和堅果……服務生悄無聲息地打開十幾瓶啤酒蓋，他們的手藝堪稱是絕技。「若是發出響聲，有些客人就會要我們停下來，先放到一邊，所以得在客人開口叫停之前全部開瓶。」留著長指甲的妖豔女人、令人眼饞的下酒菜，沒有喝完的蘇格蘭威士忌、干邑白蘭地、波本威士忌，堆積成山的啤酒瓶，還有一照面就一把抬起我們的大塊頭門衛。毋庸置疑，暗地裡肯定會有幫派關照著酒吧，也會有公務員以各種藉口勒索錢財。此外，肯定還有過亂七八糟、甚至令人感到恐怖的事情，不過我們並沒有見過。

不久之後，傑伊去上普通小學，我則去了專供殘疾兒童讀書的特殊學校。因為住在同一棟樓，放學後我們還是經常在一起。沒辦法說話的我和了解我的傑伊，我們之間有其他孩子無法理解的特殊聯結。在我心中逐漸凝固的語言，那被囚禁於口中而漸漸像鐘乳石一樣凝結、無可名狀的東西，傑伊可以立刻猜透。傑伊開始代替我說話。那是一種類似於以意念移動物體的體驗。我一開始雖然覺得神奇，後來就覺得很自然了。傑伊並不是每次都能夠猜中我內心的想法，但起碼能在兩三次內猜中。如果傑伊連續幾次像個傻瓜一樣，說出莫名其妙的答案，我就會改變自己的想法，或者將傑伊的想法當成我的想法。沒錯，我在欺騙自己。我陶醉於傑伊猜中我心思這件事，無法自拔：沒錯，是是，就是那個，我點點頭，將傑伊的想法直接當成我自己的想法。傑伊不是我欲望的接收者，而是傳譯者。

5

某個星期天，電視上正在播放一部外國電影，主角是兩個相互鬥法的魔術師。嫉妒對手的魔術師，偷偷在另一個魔術師表演前做了手腳。在魔術表演中，女助手必須解開綁在身上的繩索，從結實的玻璃水箱中逃出。然而，對手魔術師偷偷將出口封死，絕無可能逃生。約定時間已到了，摯愛的女友助手還沒有逃出來，魔術師掀開布幕，看到了女友正在垂死掙扎。魔術師拚命砸水箱，卻無濟於事，他雖然與相愛的人僅相距咫尺，但是一個人在水裡，另一個人在外邊。被關在水箱裡的女助手最終沒能逃出，兩人連手都握不到，只能看著彼此。女助手雙目圓睜，像一隻水母漂浮在冰冷的水中。男人被釘在原地，充滿絕望。我被這個場面所擄獲，沒能跟上後面的情節。我身上的每個細胞好像都在冒出一個個有毒的氣泡，沿著血管直衝到腦袋。我眼前的世界全部變成了粉紅色。我拿起遙控器關掉電視機，正在整理豆芽菜的媽媽發現聲音停了，把頭轉向我。

「媽媽。」

我喊了媽媽一聲。

「怎麼了？」

媽媽這時候還沒有意識到發生了什麼事。

「媽媽。」

「到底有什麼事啊？」

「我不想看了。」

媽媽這時候才突然從椅子上站起來。

「你剛才說話了？再說一遍，嗯？」

我閉上嘴巴，強咽下淚水。媽媽跑過來抓住我的肩膀，不停地前後搖晃，我不得不又說一句：

「別搖了，我沒事。」

媽媽說要馬上把我從特殊學校轉到普通學校。我很後悔自己開口說話，心情就像是有什麼珍貴的東西，因為上當受騙被奪走了。真不知道說話有什麼好？我已經被特殊學校的同學所同化。我不說話，他們不會覺得奇怪。我很快學會手語，並熟練地使用。我第一次看到其他孩子使用手語溝通時，很快就陶醉在他們精巧的動作之中：彷彿迅速編出一隻肉眼看不到的小鳥，然後將它們放飛到天空。

媽媽第二天隨即帶著我去學校。當時我正沉迷於《伊索寓言》中，經常玩一種將實際發生的事情改編成寓言的遊戲。在我的故事中，媽媽是一個貪婪的主人，我是一頭老毛驢。來，大家來聽聽一個古老的故事吧！肥胖貪婪的主人牽著老毛驢到市場：大家看看，這裡有一頭會說話的毛驢。但是市場裡的人不相信他所說的話：少來，毛驢怎麼會說話啊？我這輩子第一次聽到這麼荒謬的事情。主人回說：不，這頭毛驢不一樣，這不是昨天突然開始說人話了嗎？生意人都聚了過來：那可真稀奇，那就叫牠說一句來聽聽吧！主人抬手朝毛驢背上戳了一下，毛驢吃了一驚，哼哼唧唧的叫喊。生意人都歪著腦袋，心想那不就是毛驢的叫聲嗎？貪婪的主人抓住毛驢懇求道：拜託，看在我的面子上，就講一句人話吧。毛驢看到主人的眼淚，心軟之下說了一句人話。生意人聽了大吃一驚，主人則洋洋得意。主人說：好了，你們願意出多少錢？這可是一頭會說人話的毛驢，價格當然要很高囉。然而，只見生意人搖頭說：哼，會說人話的毛驢能有什麼用處？叫牠幹活，牠會抱怨，會到別的地方說我的壞話，死的時候還會埋怨我，你還是自己留著吧。

媽媽在學校門口停下腳步，儼然是來收購學校地皮的人，一再張望四周，打量整個學校，然後邁步走入校園，步伐快到我都快跟不上。媽媽打開教務室的門，把我推了進去，隨後跟進去昂首站在我身後。我的級任導師這時剛好回到教務室。他因為腦性麻痺，右半邊的手腳都不方便，但是對學生很親切。媽媽跟老師打完招呼，不由分說地朝我的腰戳了一下。

「愣著幹嘛，快跟老師打招呼。」

我和從前一樣，只點了一下頭。媽媽捏了我的臉頰，我疼到叫了出來。

「您看到了吧？這孩子現在能說話了。」

媽媽高亢、尖銳的聲音響徹教務室。由於強烈的羞恥感，她的所有言詞和動作，在我眼中都放大了數百倍。媽媽令我羞愧難當，我真想當場死去。媽媽兀自沉浸在幸福中。她或許是想在蠢貨面前（媽媽後來這麼指稱當時在教務室裡的所有人），炫耀自己剛被判定為正常的兒子，或者是想補償自己一直以來的苦悶。老師們表情冷淡，十分不悅地看著媽媽，我很清楚那種表情是什麼意思。媽媽自個兒像地鐵車廂裡的瘋狂傳教士，絲毫不顧周圍人的反感，在寧靜的教務室裡興風作浪。導師用不靈便的口舌，結結巴巴地跟我說話。這是我第一次聽到他的聲音，因為在教室裡我們向來用手語溝通。

「東奎啊，你現在能說話了嗎？」

「當然，我已經說過他能說話。」

在我回答之前，媽媽搶先插了進來。導師沒有看向媽媽，而是凝視我的眼睛。我當然能說話，只是我一開口說話，就會從這裡遭到驅逐；如果保持沉默，媽媽就會繼續在這裡折磨我。媽媽用力抓住我的肩膀。老師彎下膝蓋和我目光相對，這對他來說是很吃力的動作。我不知道該怎麼辦，只是一直轉動眼珠。媽媽神經質地用高跟鞋鞋跟叩擊教務室地板，叩叩作響的聲音傳入我的耳中。最終，羞恥心戰勝了恐懼，我只想立刻帶著媽媽離開，於是開口說：

「是，老師。」

「真是太好了，再說一句，好嗎？」

「對不起。」

「你這孩子，有什麼可對不起的？」

媽媽忍不住又來插嘴。導師像一個手持大型弓弩的弓箭手，將一條腿向前伸直，隨後藉由反彈力量，費力地支起身體。他摸了摸我的頭，走到自己的座位上，幫我們準備轉學需要的文件。媽媽或許是太過期待祝賀和稱讚，眼看沒有如願而感到挫敗，開始暗指由於校方的過錯，才導致一個正常的孩子被送到特殊學校就讀。導師默不作聲地任由媽媽批評，只說了一句：

「即便是現在才能說話，也是值得慶幸的事情。」

導師在必要的文件上簽完名，放進學校信封，交給了媽媽。媽媽把文件抽出來後，將信封還給導師。我想和班上那些大多不會說話，但總是親切、溫和的同學道別，但是導師沒有允許。

「今天是跟媽媽一起來的，我看先回去比較好，改天再來玩吧。」

我的心情像是身分暴露而遭驅逐的間諜。媽媽走到校門口停下來，像是路過什麼致命病毒的發源地，朝學校吐了口口水。到普通學校上學的第一天，我只能堵住耳朵去忍受孩子們的喧鬧聲。課間休息時間，對我來說是一場酷刑。其他孩子像知了一樣嘶叫。我堵住耳朵，他們三三兩兩朝我身邊圍過來，不停逗弄我，就像對待寵物店展示架上的小狗。他們似乎是想知道，從特殊學校轉學過來的這頭毛驢，到底能發出什麼聲音。我用拳頭代替回答，被我一記重拳打掉門牙的孩子，坐在地上哭了起來。老師跑過來勸慰被打的孩子說，會長出新牙的，不要哭，沒事，然後一把將我拉起。老師把我跟其他孩子隔開，不依不饒地問我：為什麼要打人？我閉上嘴巴，不發一語。老師湊近我耳邊威脅說：如果你老是這樣，我就把你送回特殊學校。那正是我求之不得之事，於是更固執地閉上嘴。然而，兩眼紅腫的媽媽帶著外婆跑到學校後，我的沉默示威便隨之結束了。

「聽說你現在能說話了。」

我在課間休息出去時，遇到了傑伊。

「嗯。」

「不像你。」

「是我。」

傑伊眯著眼睛打量我說道：

「等會兒一起回家吧。」

「好啊。」

「覺得很奇怪。」

傑伊盯著我的嘴。

「怎麼了？」

「像是你講英語，可我竟然聽懂了，就是這種感覺。」

6

我重新開口說話後不久，媽媽和爸爸開始分居。那也許只是不幸的巧合，但是在年幼的我看來，好像所有事情都是因為我才開始走樣的。有一天晚上我走進客廳，看到叔叔跪在那裡，爸爸默不作聲坐在沙發上，視線固定在電視上。一個多小時紋風不動的叔叔，拖著痠痲的腳走出屋子，從此再也沒有來過，過節和祭祀時也不曾露面。媽媽回到釜山的外婆家，我在家裡和外面經常聽到離婚一詞。

關島空難之後，豬媽媽輾轉於各餐廳工作。金融危機之後，收入時有時無。正是從那時候開始，她每到晚上就會喝酒，大蒜沾上辣椒醬就算得上是下酒菜。傑伊必須學會做解酒湯。他早上提早起床，先煎好明太魚，再做成明太魚湯，叫醒豬媽媽吃下之後，他才去上學。豬媽媽只要一喝醉就會把傑伊叫過去，喃喃說起那天從高速客運轉運站廁所把他抱來的事情。

「對不起，要是我沒有那麼做，你就能去個好人家。」

傑伊不願意相信豬媽媽說的那件事情，因為她只有在喝得爛醉時才會提到。但是，聽她反覆說起，就開始覺得說不定都是事實。

社區拆除重建就是那時候啟動的。「住宅合作社」一成立，人們為了簽署搬遷協議，忙碌地奔走，横布條四處飄蕩。每個巷弄都爆發出喊叫聲，扭打的場面已司空見慣。原本平和的社區分裂成不同派系，變得人心惶惶。孩子之間也出現分化，有自有住宅的孩子和承租戶的孩子，開始分開來玩。屋主能夠得到補償金，承租戶得不到補償金，兩者的境遇大相徑庭。我家雖然拿到了補償金，不過由於先前改建成多層樓房花了很多錢，再把租房抵押金還給承租人之後，剩不了多少錢。傑伊家的情況更困難。拆遷正式開始不久後，我們只能拿著為數不多的補償金，被迫離開。

升上四年級時，我和傑伊分到不同的班級。爸爸和從前一樣經常不回家，剛開始姑姑常來幫忙做家事，後來也漸漸不來了。豬媽媽依舊爛醉如泥。隨著朝鮮族女性湧入首爾，餐廳裡的工作機會日益變少。豬媽媽和一個年輕的男人開始同居，我們管他叫毒蟲，因為傳聞說他吸毒。毒蟲是汽車駕訓班的教練，對世界盃漠不關心，傑伊在客廳看世界盃比賽時，他總是面無表情地從旁經過。他甚至不知道韓國足球隊踢進了八強，豬媽媽也一樣。他們兩人從傑伊身旁走過，走進房間裡便把門鎖上，直到深夜也不出來，有時甚至到了早上也不出來。傑伊沒飯吃的時候，比吃得上的時候多，大半是空手去上學。不知從何時開始，毒蟲連駕訓班也不去了，總是待在家裡，明顯是依靠豬媽媽賺來的錢度日。

我們家搬離那個社區後，我和傑伊不在同一班，家也離很遠，於是漸行漸遠。韓國足球隊踢進四強，滿世界都在歡呼的時候，傑伊的心情像是扛著厚重的棺蓋，熬過一天又一天。老師對空手去上學的傑伊感到不滿，同學也不願意和他相處。即便這樣，學校還是比家裡好。家裡令人感到窒息。緊閉的房門，彷彿象徵一種頑固的拒絕。傑伊不知所措，總是在門前徘徊。豬媽媽幾乎喘不過氣的叫喊，經常越過牆壁傳出來。傑伊的年紀已經到了明白大力水手和魔女在貯酒庫所做的怪事，究竟意味著什麼。每當他肚子餓到不行的時候，經常想起食物豐盛的酒吧廚房。另外，他常常在想，豬媽媽爛醉如泥時所說的那件事，說不定是真的。

7

升上中學之後不久，傑伊的級任導師叫我過去。他教數學，愛好攝影，曾在業餘攝影展上展出作品。每到這時，他都會半強制地動員學生，要他們觀賞站在激流中的夜鷺，或者是喝得爛醉的流浪漢在街頭昏睡的黑白照片，然後寫感想。禿頭的他，外號總是禿鷲或「男同禿子」之類的。不過，大家並不清楚他是否真的是同性戀者。

他說傑伊曠課了很多天，問我知不知道是什麼原因。我這才想起，已經有些日子沒在學校見到傑伊。

「我們不同班，住的地方也離得遠，所以不太清楚。這幾天確實沒見過。」

禿鷲盯著電腦螢幕說道：

「這裡顯示你們的住址相同。」

「那是以前的住址，我家搬走了。」

「傑伊家還住那裡嗎？」

「可能吧。」

禿鷲轉動著圓珠筆，像是在言自語的說道：

「那裡還有人住嗎？」

補習班的接送車停在校門前，學生出來就直接上車，我在接送車輛之間穿梭，向那閉著眼睛都能找到的老家走去。沿著嶄新建築林立的狹窄道路走下來，是六線車道的大馬路。社區外圍以兩公尺高的工地圍擋布草草圍繞，看來根本就沒打算要把整個社區完全蓋起來。又髒又破的圍擋布只是起到標示的作用：表示這裡不久將會夷為平地，在嶄新的社區建成之前，只會是一片荒地。

圍擋布中有我出生成長的房子，說不定傑伊就在裡面。我有幾次痛苦地想著，是不是應該調轉腳步立刻離開。說實話，我不想再和傑伊有什麼瓜葛，我已經在中學結交到新朋友，我們住在同一個社區，結伴去補習班上課。他們都是平凡的孩子，和他們在一起不會有任何沉重的事情，不是嘻嘻哈哈地傳看漫畫書，就是分組打電腦遊戲。只是在我的內心深處，仍然覺得欠傑伊一份情。在沒人願意理睬我的時期，只有傑伊陪伴我，對此我並沒有忘記。

我穿過斑馬線，走向傑伊可能還在的地方。那些住戶已經搬走的房子，大門上給人用紅漆凌亂地畫上×，表示是可以拆除的房子。有些房子的屋頂已經坍塌，挖掉眼睛的玩具熊、折斷脖子的芭比娃娃，棄置在地上，上面落滿了灰塵。電線杆和電線杆之間，懸掛著住宅合作社與工程公司的橫幅布條，在一切都已迅速衰落的這個社區中，唯有它們是嶄新的。布條內容是歡迎開始入住，幸福就在眼前。另外還有壁報，內容是懇請協助儘快清空房子，以便早日興建大樓。壁報的空白處，有人用紅筆歪歪斜斜地寫上「放狗屁」；在這個塗鴉旁邊，又有人寫道「白痴，你就一輩子去要飯吧。」

還有人住的房子裡，投出警惕的眼神，在黑暗中悄無聲息地向窗外探視，發現來者不過是一個中學生，便又縮回黑暗中。拆遷重建正式開始後，整條街沒有維護和管理，看起來就像是掛在牆上的老照片。雖然輪廓大致相同，但是褪了色的模樣，難以令人感到親切，反而比較像我經常在噩夢中造訪的那條陌生街道。我不由自主地聯想到，歷史紀錄片裡主持人走進高麗或朝鮮時代的布景中。

我在不知不覺中走到出生成長的房子前面，生銹的大門上畫著×。我突然想起以前短暫上教會時聽到的一則聖經故事：憤怒的天使為了殺掉孩子四處遊走，神選的猶太子民在大門上做記號，拯救了自己的孩子。

我推門走進去，看到小時候玩過的那輛玩具汽車，掉了一個輪胎，車底朝天躺在花壇角落。四周悄無聲息，察覺不到有人居住的跡象，我感到莫明的恐懼。外面沒有任何行人，即使大聲喊叫，似乎也不會有人出來。如果這裡不是我出生成長的房子，我恐怕早就逃之夭夭。我竭力壓抑著恐懼，走上傑伊家租住的二樓。樓梯明顯比記憶中的狹窄很多，而且更陡峭。玄關門關得很嚴實，聽不到裡面有任何聲響。我小心翼翼地轉動玄關門把，但是打不開，門鎖得死緊。

「傑伊！」

沒有聽到任何回答。

「你在裡面嗎？是我，東奎。」

不管是按門鈴，還是用力敲門，情形依然如故。這座不祥的社區所散發的空寂，正將我拖向我在這間房子裡經歷的失語症記憶中。失語症是一種精神上的幽閉恐懼症，心臟彷彿像是一個黑洞，把所有的話語都吸進我的體內，由於那個引力太過強大，似乎使任何東西都不可能傳達到外面。關於這件事的記憶，本身已經讓我感到喘不過氣。我跑下樓梯，心想我並沒有義務一定要找到傑伊。正當我跑到一樓，朝著大門奔去之際，有人從後面抱住我的腰，奮力向後拽。我失去平衡，搖搖晃晃地被那股勁帶了過去。

「小點聲。」

是傑伊。他沒有把我帶到他家，而是走向半地下室，有段時間三個巴基斯坦男人租住的地方。傑伊把我往裡推進去後，細心地觀察四周，然後悄悄帶上門。

「你自己一個人來的嗎？」

「幹嘛？」

「是誰叫你來的嗎？」

「你的班導。」

傑伊看起來稍微放心了點，另一方面似乎又有點失望。我的眼睛適應了黑暗，慢慢地打量四周。和凌亂不堪的外面相比，屋裡出奇的整潔。

「為什不在二樓你家，要在這裡啊？」

「現在沒有你家、我家的，在這個社區你想住哪裡都可以。」

「聽說馬上要拆除了。」

「應該吧。」

「阿姨呢？」

傑伊的表情變得凝重。他閉上眼睛，把頭歪向一邊，好像對問題不耐煩到要發脾氣。這是傑伊非常生氣時才會有的動作。

「這是幹嘛的？」

我指著傑伊背後的兩面全身鏡問道。兩面鏡子平行而立，相互對視。因此，鏡子裡有另一個鏡子，然後那個鏡子裡又有另一個鏡子，鏡子在鏡子裡無限繁殖。

「撿來的，很多人搬走時扔掉鏡子。」

傑伊避開了我的問題核心。我感到好奇的是，鏡子為什麼面對面放著，但是他不動聲色地轉移了話題。

「還記得毒蟲吧？」

「當然記得。」

一直到我們搬走之前，傑伊臉上還常有瘀青，是毒蟲打的。豬媽媽深陷在毒品中，對傑伊根本不管不顧。性格堅強的豬媽媽轉眼之間墮落成這個樣子，大家都很吃驚，但是沒有人去報過警。我當時猜想，是不是毒蟲和豬媽媽還住在二樓，傑伊一個人住在這空蕩蕩的半地下室。傑伊似乎猜到我的心思，說道：

「有一天，我放學回到家，發現屋裡乾乾淨淨的。自從他們兩個人開始吸毒之後，屋裡一直都很亂。我覺得很奇怪，但是直到深夜他們都沒有回來。」

「那是什麼時候？」

「差不多一個月了。」

「你自己一個人在這裡住了一個月？」

在這個陰森森的廢墟？

「我得找到那個傢伙。」

「找到他幹嘛？」

「要報仇。」

「什麼？報仇？」

傑伊的眼裡閃過一股殺氣。

「你親眼見到了吧？在這裡，有人遭到不測也沒人知道。」

「還是去報警吧，怎麼樣？」

傑伊噗哧一笑。

「恐怕先會把我送進孤兒院吧。」

一個關於養母拋下兒子後下落不明的故事，甚至連警察都毫無興趣。那些貧窮的女人連離婚手續都嫌麻煩，會選擇默默離家出走。

「你知道這是什麼嗎？」

傑伊指著房間中央的鏡子問道。

「不知道。」

「抓魔鬼的裝置，是一種陷阱。」

「你說是抓魔鬼？」

「在書上看到的。把鏡子像這樣擺好，魔鬼就會在鏡子之間來回穿梭。從這個鏡子出來，跳到那個鏡子裡，這時用布蓋住鏡子，魔鬼來不及跳過去，就會被扣在這裡，然後就可以抓到。」

傑伊就像一個正在介紹新款電視機性能的推銷員。根據他所說的，魔鬼最頻繁穿越鏡子的時間是星期五午夜。

「能被你抓到，那還能叫魔鬼嗎？」

「魔鬼並不知道自己是怎麼被抓到的，它想回到自己的世界，必須得到設下陷阱的那個人類的幫助才行。」

「抓到魔鬼後要做什麼？」

我不禁開始認真地提問。

「你剛才沒聽到嗎？不是說了要報仇。」

「那也不能一直這麼硬撐吧？有吃的嗎？」

「到空房子轉一圈，能找到吃的。住戶搬走時會扔掉一些過期的食物。有人搬走的話，我晚上就去搜刮回來。」

我心裡想著，傑伊未必只靠去空房子找東西吃。

「你不會去學校說見過我吧？」

傑伊再三叮囑。

「不會。但是這裡馬上就要拆遷，推土機會把這裡全部鏟平。」

「所以我得快點抓到魔鬼。」

傑伊說道，臉上沒有絲毫笑容。他給我看一張紙，上面寫著一些古怪的文字。他說那是可以操縱魔鬼的咒語，是從網路上找到的。傑伊很認真，但是我不能放任他留在這裡。

「聽說這裡經常失火。」

拆遷的地區流傳著各種不詳的謠言。隨著住戶逐漸搬走，沒有點燈的空屋開始增多。對於拒絕拆遷的住戶，住宅合作社一直心懷不滿，當然沒有將惡化的治安環境放在心上，不，實際上反而是縱容治安惡化。

「啊，那個鬼火？那是住宅合作社那幫人放的。」

傑伊斷言道。傑伊指著堆放在餐桌旁邊的滅火器，說是從空房子找到的。

「聽說有個傢伙綁架一個小女孩，殺掉後扔到水塔裡。」

「說什麼的都有。」

「你不害怕嗎？」

傑伊笑著用手指了一下鏡子，當作是回答。他的笑容裡幾乎沒有任何喜悅。我從座位上站起來說：

「我報了一個補習班，不能不去。」

傑伊先出去，像偵察兵一樣觀察外面的情況後，才讓我出去。

此後，傑伊繼續曠課。我跟禿鷲說謊，騙他說找不到傑伊。我偶爾買些吃的東西，帶去傑伊藏身的半地下室。生擒魔鬼之事沒什麼進展。傑伊說確實有東西在兩個鏡子之間竄來竄去，只不過還沒辦法及時將它們抓住。傑伊就像一個鍊金術師，耗盡生命，用不同物質進行不同的組合，企圖將鋁變成黃金，每到星期五的午夜，他就會對陷阱做細微的調整，嘗試不同的方法：比如修改咒語的文句、微調鏡子的角度，或者在鏡子之間放一根蠟燭等等，如果失敗就再等一個星期。傑伊的頭髮由於許久沒有修剪，越來越長，披散在背後，從後面看上去像是一名隱退的搖滾歌手。

「到底要一直這樣到什麼時候？」

「到抓到為止。」

傑伊很頑固。他臉頰凹陷，伸出來的手臂消瘦到只剩骨頭。每當我打開半地下室的門，總是擔心出現在我眼前的，會是一具僵直冰冷的屍體。

8

四月某一天，晚春的霰雪飛揚，我去找禿鷲。降雪不斷黏在玻璃上，隨即迅速融化消失。

「傑伊要是獨自生活，沒有大人照看，會怎麼樣呢？會送進類似孤兒院那種地方嗎？」

「你這傢伙，見過傑伊啦。」

禿鷲摳著耳屎。

「沒有，不過問問而已。我只是好奇，這種情況下會怎麼做？」

「那麼，你到底有沒有見過傑伊？」

「……一定要講嗎？」

他眯起眼睛。

「倒不是非要你講，不過，要是傑伊一個人住在那個社區的話，你親自去過應該知道，那很危險。為了他好，要先把他帶到安全的地方吧？」

「即使傑伊不願意？」

「本人要是不願意，那就得另想辦法啦，不是民主主義國家嘛。」

幾天後，我去見傑伊，有人跟在我身後。我並不知情，大步走到傑伊住的半地下室敲門。門剛打開，警察、社工、住宅合作社的職員就一把將我推開，衝進半地下室。我摔倒在地上，傑伊像隻狗一樣從我身前被拖過去。傑伊垂死掙扎似的反抗，但完全沒用。他以滿含怨恨的目光瞪著我。傑伊緊緊抓住鐵門上生銹的門把，最後說的話，至今還在我耳邊迴響。

「拜託再給我一天，因為今天是十三號星期五。」

只有我一個人知道這句話的含義。他們把傑伊拖到停在路邊的廂型車旁。傑伊趁著警察打開車門、放鬆警戒的瞬間，使盡渾身力氣掙脫，隨即逃跑。傑伊爬上樓房的屋頂，然後在屋頂和屋頂之間、頂樓天臺和天臺之間蹦跳著逃跑了。他像是有過多次經驗，毫不猶豫，彷彿可以一直這樣跑下去。他們四散開來去追捕傑伊。

我走進傑伊離開的半地下室，站在兩面鏡子中間，看到了無數個我映照在鏡子裡。我心裡想著，或許傑伊不是在抓魔鬼，而是想要進入到鏡子中？還是說，他已經將靈魂的一部分或者全部，拋入到那個世界中？回頭審視傑伊那天之後的行跡就可以得知，當他又硬撐著站到兩個鏡子當中的那一刻，似乎脫離了兩度遺棄自己的這個世界，以及這世界的法則與軌道，從而進入到另一個無窮無盡的軌道中去了。傑伊不必非得生擒穿梭於鏡子間的魔鬼不可。那些在無窮無盡的軌道中，永無止境地凝視著自己的人，其實就是在直視魔鬼，而鏡子中的，也只有他自己。

第二天，禿鷲把我叫過去。禿鷲說，傑伊昨晚被抓到了，會送進孤兒院。他說總之是好事，讚揚我為朋友做了了不起的事情。

「在哪裡被抓到的？」

「他又回去那間房子，被埋伏的住宅合作社職員逮住了。」

之後不到一個月，推土機就開進了拆遷重建區域。堅持對抗到最後一刻的，都是一些沒錢搬家，或者行動不便的老弱病殘。救護車尾隨推土機進來，用擔架抬走他們。短短數日，那一片猶如火星表面般殷紅平整的土地，已然埋葬人們在此間生活的記憶。用精美照片製作的圍擋板，已由大企業下轄的建築公司設置妥當。建商的廣告標語是「夢中的森林」，還是「e－舒適的世界」呢？我已經記憶模糊了。

和傳聞不同的是，水塔中沒有發現女中學生屍體這一類的東西。建商擔心的其實不是腐爛的屍體，而是沒有腐爛的東西——古老的王國遺跡。因為一旦挖出歷經千年的瓦片，或是三國時代[4]城牆之類的細微痕跡，工程就得中斷。

那年冬天，我寄了一張聖誕卡給傑伊。地址是禿鷲告訴我的。他打電話到教育廳等幾個地方，就拿到了孤兒院的地址。對於大人來講，所有的事情還真簡單呀，記得我當時那麼想過。

「請問論山在什麼地方？」我問道。

「在大田附近。」

要是開車的話，也就兩個多小時的路程，但是在我這個中學生看來，就像外國一樣遙遠。

「寄張卡片不就得了？」

級任導師用的語尾詞，總有令人不快的地方。他不說「為什麼不寄一張卡片呢」，或者「寄一張卡片，怎麼樣」，偏偏說「寄一張卡片不就得了」。他的口氣，讓我覺得給傑伊寄聖誕卡這行為的純粹性受到了玷汙。然而，這個主意是我沒有想到的。當時我已經有手機，但傑伊從來不曾有過，在論山的孤兒院就更不可能有了。

我在學校門口的文具店買了一張聖誕卡，上面畫著跳大腿舞的馴鹿魯道夫。卡片裡能寫字的空白處實在太小。我既要向傑伊解釋他對我的誤解，還得問候他，另外還要告訴他我的近況。無論怎麼翻來看去，都覺得不夠寫。算了，不管了，就寫吧。等我寫好之後才

---

4 指西元四二七到六六〇年之間，朝鮮半島高句麗、百濟、新羅三國鼎立的時期。

發覺，它成為一張普通的聖誕卡。你過得好嗎？我過得很好。那裡怎麼樣？聖誕快樂。我記得大概就是這樣。如今回想起來，這可能令傑伊有種被嘲弄的感受，他顯然會認為，我向學校告發才讓他被送進孤兒院，如今我卻滿不在乎地問他，那裡怎麼樣？我當時其實仍對傑伊抱著一線希望，相信我無論寫什麼，他都能理解我的用心。那是從我罹患失語症之後，我們兩個人之間積累起來的信任。在我無法開口說話時，他不是我的傳譯者嗎？

我在郵局寄出聖誕卡，然後去了光化門，從書店買了幾本參考書，在回家的地鐵上遇到一群聾啞兒。和我差不多大的五個孩子在用手語聊天，雖然手語我已經忘記很多，但是大致能夠明白。四個孩子不帶惡意地捉弄另一個：你和她在交往吧？學校都傳開了。受捉弄的孩子不甘示弱，反駁道：可能是她單戀我，我可沒有。孩子們搖著頭笑，然後突然把話題轉到電影上。他們可能剛看完外國喜劇電影，雖然他們聽不到，但是可以看字幕。儘管他們只在靜默中以表情做出笑容，但那充盈的喜悅卻是整個車廂都能感覺得到。他們或是模仿演員的表情，或是七嘴八舌地聊影片的高潮。我想其他乘客想都想不到，他們一下子說了多少話。

假如能被接受，我渴望成為他們中間的一分子。悲傷是內心仍炙熱時才有的感受，所以是一種傷心的感覺。與之相反的是，哀傷使人內心生寒，是種心灰意冷的心情。那一天，我屬於後者。應該說是心上結了霜吧！心臟冰冷發涼，眼角濡濕。我調高MP3的音量。接著，他們在下一站一起下車。用手語交談的孩子手上，鳥兒搧動著翅膀飛了起來。

第二章

真切的過去和不可預知的未來，兩者之間的區別變得模糊，未來將會發生的事情似乎已經經歷過，而過去的記憶反而覺得像是對於未來的不詳預言。

9

孤兒院後面有一間養狗場。狗場主人原本養牛，有一年牛價暴跌，他賣掉全部牛隻後，購買了一批狗。狹窄的鐵籠中雖然關著數百隻狗，但狗兒很安靜，並不吠叫，因為男子用氣槍打穿狗兒的耳膜。聽說把未裝彈的氣槍，對準狗的耳朵射擊，打出的氣體就會穿透耳膜。養狗男經常開著卡車出入，偶爾會去拜訪院長。他看院生的目光就像看著狗兒，所以院生都本能地躲著他。有一次，院裡一個女孩失蹤，大家都懷疑養狗男，傳聞說他把孩子殺掉後拿去餵狗。

養狗場後面住著養蘑菇的男子，和養狗男是死對頭。養菇的地方是廢棄的礦場，有一天傑伊和幾個孩子偷偷跑進去，發現裡面陰暗又潮濕，使人背脊發涼。每段粗壯的木頭上都有潔白且光滑的蘑菇，陰森地向上生長。其中一個孩子主張這些都是毒蘑菇，因此開始吵了起來。

「誰會花這麼多錢養毒蘑菇？瘋了嗎？」

聽見傑伊這麼反駁，主張是毒蘑菇的孩子摘下一朵蘑菇，遞給傑伊說：

「那是因為主人是一個變態。那你吃看看，臭小子。為什麼不吃？你不是說不是毒蘑菇？」

傑伊接過蘑菇，定神看一會兒之後，再次遞回去說：

「你吃看看。」

「我為什麼要吃？是你說不是毒蘑菇，應該你吃啊。」

「我現在也覺得是毒蘑菇。」傑伊說道。

「什麼？」

「想一想好像你說的才對，這個是毒蘑菇，沒錯，是毒蘑菇。」

傑伊突然改口，讓對方很困惑地看著他。傑伊把毒蘑菇遞到他鼻子跟前說：

「那麼，你吃看看吧。怎麼了，因為是毒蘑菇就不敢吃啦？」

「你這個混蛋，我為什麼要吃啊？」

孩子一邊向後退，一邊喊道。

「吃啊，你這小子，幹嘛，害怕啦？」

傑伊把拿在手裡的蘑菇送到嘴邊說：

「看好了，毒蘑菇是這麼吃的。」

傑伊在孩子目瞪口呆之下，將蘑菇咀嚼吞咽下肚。蘑菇確實沒有毒，不過傑伊腹瀉了一整晚。

養菇男在礦場坑道正前方搭建了小屋，當作住家。茶室[5]女人進入小屋的話，孤兒院的男孩經常透過窗戶縫往裡偷看。小屋裡的電視總是鎖定ＹＴＮ二十四小時新聞頻道，因此

5 韓國舊時的一種茶館，為買票進場的客人提供咖啡、茶等飲料，一般同時提供色情服務。

養菇男和茶室女人做愛時，背景聲音都是新聞播報聲。女主播以嚴肅的嗓音播報政治人物動向，重疊的聲音是茶室女人機械且沒有誠意的呻吟。他們做完愛之後，會一起默默地喝從保溫瓶裡倒出來的咖啡。

茶室女人總是騎五十ＣＣ的速克達機車前來，離開小屋時總是留下發動引擎所排放的嗆人廢氣和廉價香水味。儘管兩種都具有毒性，傑伊卻長久受那種反常的氣味所吸引。有時候，他會追著氣味，順著小路跑下去。每每到了養狗場，氣味就消失得無影無蹤。從那裡開始是屬於狗的世界，整個空間充斥著狗屎、狗尿的味道。傑伊經常趁著養狗場主人不在時，偷溜進去。那些神經敏感、用來鬥狗的猛犬，像衝破籠子般猛撲而來時，傑伊總是嚇得直往後退。他從囚禁的狗兒身上，聞到了求生不能、求死不得的生靈所散發的作嘔惡臭。同時，他也對遭受囚禁的狗兒產生強烈的憐憫，尤其是一隻瘸著右後腿、紅眼睛的土佐鬥犬，擄獲傑伊的心。他們經常像打架般相互對視好長一段時間，每逢這種時刻，周圍的狗都會抑制住興奮，變得安靜。

傑伊和動物的感應與眾不同，反而和人的交流總是有困難。他雖然容易獲得初次相見的人的好感，特別是女性，但卻無法持續，因為他不太懂得如何面對這種好感。令人吃驚的是，他能夠和動物分享內心深處的感情；越是這樣，他對人的期待就越淡薄。

茶室女人也會出入養狗場，儘管不像去養菇場那麼頻繁。她從養菇場下來後，接著去養狗場，有時候則是相反。茶室女人進入養狗場時，孩子們不會跟去偷看，因為害怕如同傳聞中所說的，要是被逮住就會神不知鬼不覺地變成狗飼料。只有傑伊一個人例外。

有一天，茶室女人在養菇場小屋辦完事後走出來，和傑伊迎面相遇。女人從保溫瓶倒出剩餘的咖啡，遞給傑伊。

「你今天也來了啊。」

傑伊正準備要逃跑。女人穿著乳溝一覽無遺的紅襯衫，好像猜到了傑伊的心思，輕輕抓住傑伊的手臂。

「要吃餅乾嗎？這不是給客人的，是我自己吃的，吃看看吧，很好吃。」

傑伊接過來吃掉。女人穿著高跟鞋，個子比傑伊高出許多。兩手依次接過女人給的咖啡和餅乾接著吃掉的情景，日後留給傑伊一種靈性的感受。

「找時間和姊姊一起去看電影？」

傑伊把餅乾咽下去後，頭也不回地跑下山坡。

10

傑伊當時所知道的世界，只有野山和孤兒院。他描繪了他的世界地圖：緊靠山腳之處是孩子聚集的小村莊，在那上面是由邪惡的君主統治的惡犬王國，而最高處的極深洞穴裡，是將蘑菇當作房子的精靈世界。然後，和這個同心圓相距很遠的地方，有個鮮花盛開的城堡，傑伊來自那裡，看上去像是古人所想像的理想國。傑伊從很小開始，便已擁有只屬於自己的世界地圖。他對於學校所傳授的知識，總是漠然視之，只靠自己的眼睛觀察世界，基本上不相信大人所說的話。例如，他早已看破學校講的民主主義不過是胡扯，因為他很清楚那些占據同一區域、吃同樣食物，卻不能從囚籠裡跨出一步的狗兒，會有什麼命運。

火是從養狗場上方五十多公尺處，也就是養菇場斜坡底下的雜草堆裡開始的。一開始，風從山腳往上吹，因此火焰燃燒著乾草向養菇場方向蔓延。失火了，呼聲驚醒睡夢中的院生，當他們跑到院子裡仰望山上時，紅色的火光看起來幾乎吞沒了養菇場。然而，風突然停住，帶來詭異的寂靜。但這只是暫時的，隨即從山頂往山腳吹起了強風。風勢改變了方向，狗兒聞到嗆鼻的煙味，更凶猛地狂吠。不見消防車趕來的跡象，只有孤兒院的職員和院生遠遠地隔岸觀火。

傑伊朝著養狗場的方向跑去，幾個孩子感到好奇，也揮著棍子跟在他後面。火星像螢火蟲般在虛空中飄動，傑伊差一點和飛奔下山的養狗男撞個滿懷。他像個失魂者，擺動雙臂奔跑著。一個孩子感到害怕，跟隨養狗男跑到山腳下。傑伊和兩個孩子衝進火勢強勁的養狗場，打開囚禁狗兒的籠子。聞到死亡味道的猛犬，即使已經喪失了本能，也知道耷拉著尾巴跳出籠子，朝著火焰的反方向跑去。不過仍有幾隻狗不敢走出籠子，瞪著驚恐的眼睛，蜷縮在角落裡瑟瑟發抖。夏日飛蟲般的火星，已經變成拳頭大小的火球在空中飄來盪去。

「快出來！傻瓜，笨狗。」

傑伊為了把狗攆出來，點燃在地上翻飛的報紙後，扔進籠子裡。直到這時，狗兒才把尾巴夾在雙腿間，遲疑了一下後跑出籠子。傑伊跟在屁股上沾著屎的髒狗後面，也開始跑向山腳下。狗兒站在視野開闊的山坡岩石上，眺望牠們離開的地方——被飢餓的火焰吞滅的養狗場，發出嗚咽的嚎叫聲。紅色的火焰和刺鼻的煙霧，四處遊蕩的大型狗群，讓人彷彿置身寺廟裡懸掛的地獄圖。這時消防車才姍姍來遲，在彎曲的山路上，往養狗場方向移動。傑伊帶著被煙燻黑的臉，回到了孤兒院，但是此時其他院生已經到安全處避難。他在孤兒院的院子裡，一直等到其他院生回來。

火勢控制住後，院生就回來了。比傑伊大的孩子告訴他，養狗男遭遇車禍。他失魂落魄地跑下山時，被送牛奶的貨車撞倒了。在火勢根本沒有波及的養菇場發現兩具屍體的消息，隨後傳了開來。養菇男的身體被利刀亂砍一通，和他在一起的茶室女人，據說是被人掐死的，兩人顯然是在熟睡中遭到意想不到的攻擊。殺人者想縱火毀滅證據，不料風向改變沒有得逞，來到孤兒院的警察這麼說。孤兒院院長告訴警察，狗場男和養菇男之間陳年的積怨。

11

警察在養菇場小屋進行搜索時，孤兒院前面的空地出現了幾輛陌生的貨車。幾個男人手持帶繩套的長杆，從貨車跳下來，向山上走去。

「來抓狗的傢伙。」

一個比傑伊大兩歲的孩子，眼睛閃閃發光，朝地上吐了一口唾沫。抓捕無主棄犬的行動開始了。男人爬到山上，用繩套逮住小牛犢般大小的狗，然後拖拉到山下。同時品嘗到恐懼與自由滋味的狗兒，依次被關進男人運來的鐵籠子裡。男人為了多抓到一隻狗，瞪著眼睛在山裡搜索。山腳下還冒著一股股濃煙，狗兒不是躲到火勢沒有蔓延到的養菇場附近，就是翻過山頭，跑到水泥廠附近的村子內。聽其他孩子說，那邊的山腳下也排著幾輛貨車，正等待載運從山上抓捕到的狗兒。

傑伊找到鋒利的釘子，接近關押狗兒的貨車，在輪胎上劃出長長的口子。輪胎發出撲哧撲哧的聲音，緩緩地消癟。狗兒認得傑伊的體臭味，停止吠叫，只是哼哼唧唧。紅眼也在狗群當中，瘸腿的紅眼一定會被當作食用犬，第一個被賣掉。傑伊正在給第五輛貨車輪胎放氣時，後腦杓突然挨了飛來的拳頭。傑伊感到意識模糊。雖然知道自己在地上拖行，被三個狗販拽到院長室，但是渾身一點力氣都沒有，甚至連掙扎一下都不可能。狗販捕狗時用的繩套，此時竟然套在他的脖子上。

狗販闖進辦公室時，院長正在看電視。院長的目光落到了傑伊被套上繩套的脖子。

「這是在幹什麼？」

院長向狗販問道。

「這小子是這裡的院生吧？」

一個狗販以比較客氣的口吻問道。

眼見院長點了點頭，他們就開始講起事情的前因後果。沒等他們把話講完，院長就打斷他們，插話說道：

「先把那該死的繩套拿下來，行不行？」

一個狗販聽了，慌忙解開傑伊脖子上的繩套。院長接著說：

「雖然情況令人遺憾，但是對於院生闖的禍，孤兒院並沒有賠償的責任，就是這樣。如果實在覺得冤枉，可以把他帶去警察局依法處理，悉聽尊便。」

一個年長狗販抱著雙臂站在後面，這時走向前說：

「我說院長先生，您以為賣一隻狗，夠換一個輪胎嗎？加起來有二十個輪胎，都被這個小王八蛋給劃破了，還沒辦法修補，就是這個無父無母的賤種。」

狗販狠狠地拍打傑伊的後腦杓。傑伊的小身軀飛起來，撞到牆上。傑伊掙扎著直起身體，然後說：

「知道我為什麼劃破輪胎嗎？」

毆打傑伊的狗販捲起袖子問說：

「瞧瞧這小子，好啊，為什麼要劃破？說看看吧，看我不撕爛你這張嘴。」

「狗有靈魂，是有靈魂的！」

傑伊嘶啞著喉嚨吼道。

「有靈魂，那又怎麼樣？」

狗販不約而同地向前跨了一步，腳上的登山鞋一副馬上要踩下去的架勢。但是傑伊沒有後退。

「因為有靈魂，所以不能那麼對待。」

傑伊瞪著眼睛，狠狠地直視狗販，毅然決然地說道。

「這個臭小子怎麼從剛才就沒大沒小的，一直沒說敬語。」

就在狗販擁上前時，院長「碰」一聲用手拍了桌面，皺著眉頭，朝菸灰缸彈菸灰。

「都算了吧，跟一個孩子就算鬧一百天也沒用。沒錯，他確實是沒有爸媽的野孩子，所以不會有人承擔責任。就是這樣，還不明白是什麼意思嗎？」

狗販正在掂量院長這席話的意思時，終於離開養菇場的刑警，來到院長室想喝杯咖啡，身邊還跟著一名便衣警察。

狗販前來抓捕無主棄犬，說來也算不上正當。他們夾著尾巴想偷偷溜出院長室，刑警一眼就注意到了，喊說：

「喂，閣下是做什麼的？」

那是敬語和非敬語夾雜的奇怪質問。院長代替他們回答說：「是狗販。」

刑警吞下紙杯裡的咖啡，以嘲弄的口吻說道：

「狗販到孤兒院有何貴幹？不養狗，要領養人嗎？」

身穿黑色棉夾克的狗販開口辯解。

「這個混小子刺破我們的貨車輪胎。」

刑警將目光看向傑伊。

「喂，你幾歲啦？」

「十四歲。」

「你這小鬼，為什麼刺破人家的輪胎，沒有父母也沒有錢的傢伙。」

傑伊沒有說話。刑警對狗販說道：「算了吧，沒有父母，所以不會有人賠償。」

「這家孤兒院沒有監護責任什麼的嗎？他那算是一種恐怖行為。」

黑色棉夾克毫不退讓，頂嘴反問。刑警終於不耐煩了。

「先生，跟你們好言解釋，怎麼就沒完沒了了。那好，咱們去正式立案，分清對錯好不好？看看各位先生到底能不能要到輪胎錢？什麼？恐怖行為？要真是恐怖行為，媽的，就到ＦＢＩ去報案吧。」

狗販交換了一下眼神，他們的所作所為都在法律容許之外，所以不喜歡政府機構和法律。大家都相信他們連有主人的狗兒也不放過。不論是用於鬥犬，還是食用，養狗的確有違法的因素存在。於是，從站在離門不遠的狗販開始，他們一個接一個安靜地走出院長室。

院長扶起癱倒在地上的傑伊。

「傑伊為什麼要刺破輪胎呢？跟院長說說吧。」

「有靈魂。」

「狗沒有靈魂，只有人有。」

「您怎麼知道？」

「人會犯罪，這便是人有靈魂的證據。」

院長接著辯解似的說道：

「動物沒有罪，不，甚至無法犯罪。會犯下過錯，會感受到痛苦，會祈求原諒，然後得到救贖的，那就是人。」

「罪、過錯、人、動物，用這種方式劃分一切的，正是人，所以才會洋洋得意。我是人，我在頂端，我懂得罪，動物不懂得罪，所以我們可以殺掉動物。就是這種想法。」

院長正色說道：

「所以，你覺得你做得對嗎？這不是給別人造成麻煩了嗎？那跟小偷一模一樣，不是嗎？」

「還有比偷別人東西更壞的。」

「那是什麼？」

「迴避痛苦。不去傾聽痛苦的哀嚎，世上所有的罪惡都是從那裡開始的。」

「痛苦是避免不了的。」

「不能避免，但是可以努力。不管是人還是動物，都不應該為了自己的利益，造成不必要的痛苦。」

「世上的事情，要是都像你說的這麼簡單，該有多好。」

「有什麼好複雜的？」

「那麼，痛苦的輕重由誰來判斷呢？由你判斷嗎？你以為只有關在籠子裡的狗很痛苦？狗販也有家人，為了養家活口也很辛苦。你刺破了輪胎，說不定他們家的孩子得挨餓一整天。」

「這麼說的話，我們不是什麼事也做不了嗎？」

「你首先要成為大人，那麼自然就會明白，世界並不那麼單純。」

「如果現在就無法判斷的話，長大成人也會一樣。我是根據我的判斷行動的，所以不會後悔。」

「你對世界心有怨恨，所以試圖假正義之名進行審判，那是危險的。」

傑伊就像聽到電子產品使用說明的消費者，真誠地點點頭說：

「是很危險，我也知道。」

12

傑伊受到單獨關禁閉一週的處罰。禁閉房是為了懲罰院生而特別設計的，幾乎透不進光線，連廁所都沒有，只有一個便盆孤零零地放在一邊。書也不能帶進去，除了聽自己的呼吸聲之外，什麼事情都做不了。

前兩天，傑伊甚至分不清自己身上猛烈膨脹的感情究竟是什麼。又度過了黑暗的兩天，才明白那原來是憤怒。他終於真切地感覺到純度百分之百的怒氣，熾熱又有毒性，像硫酸一樣焚燒他的心靈。胃部極度難受，吞下去的食物幾乎無法消化，他只好把吃下去的食物全部吐到自己面前的空碗裡，並從那一刻開始不吃任何東西。過了一兩天，嘔吐物都是乾的，而且沒有散發任何味道。傑伊將內心掏得空空如也，度過不會有人來找的漫漫長夜，他的精神進入另外的境界。這不同於禪師參禪，或是瑜伽修煉者的冥想，而是接近於靈魂附身，也就是將自己的靈魂寄託在別的東西上，將對方的生命當成自己的生命。

比如說，他找到了他親手放走的「紅眼」靈魂。紅眼還沒有被狗販抓住，正在山上徘徊。傑伊進入紅眼的靈魂之中，用狗的眼睛觀望世界，感受從狗內臟傳來的飢餓信號，用靈敏的耳朵探知恐怖的蛛絲馬跡。傑伊反覆夢見，紅眼在廢棄礦場深處跑向滾滾濃煙的那一刻。紅眼亢奮地撕咬其他狗兒耳朵的打架場面，也是經常夢到的主題。不過，除了這些噩夢的瞬間，紅眼的靈魂平靜到令他驚訝。牠安靜地把腦袋搭放在前爪上，不論時間多久都能熬得過去。

不久之後，傑伊的靈魂如同插頭拔出插座，離開了土佐犬的靈魂。傑伊擔心自己會瘋掉，如果無法連接其他靈魂，在那漫長又黑暗的長夜中，鋒利的牙齒正伺機而動，就像尋找安全漏洞的駭客，一發現靈魂稍微放鬆，旋即以最快的速度入侵，他沒有自信能夠熬過去。

茶室女人騎的五十ＣＣ速克達被火焰燒焦，車體覆蓋著消防泡沫，橫躺在火災現場，不細看的話好像長了一層黴。消防車撤離之後好長一段時間，速克達上仍冒出黑煙，那是輪胎燃燒產生的煙。傑伊盡量停留在速克達裡面，那裡就像是遊樂園鬼屋，能聽到很多嗡嗡嗡的聲音。與內心意外平靜的紅眼不同，速克達像一個不能自制的躁鬱症患者，不停地吵鬧。究竟是速克達在說話？還是騎過它的女人發出的聲音？如果都不是的話，會不會是附身於速克達的其他魂魄，在對自己的身世自憐自哀呢？雖然答案無從知曉，但是不知何故，這輛速克達很合傑伊的心意。他可以感受得到，速克達吵嚷且不馴，不顧一切的強悍精神。

「我是說騎著速克達飛奔。」

某個淘氣的聲音這麼說。

「跟玩溜溜球差不多。道路進入速克達的靈魂，然後再出來；可以說，我們不是在路『上』跑，而是把路纏繞起來，然後再攤平。路不在我們的身體外，而在身體內。」

在不停的喧嘩聲中，傑伊感到有一個冰冷的靈魂無聲地進來又出去。或許是速克達最後的主人，說不定就是那個被勒死的女人，紋眼線、嘴唇豐滿的女人。傑伊想起了她給的餅乾味道，明明是過去發生的事情，奇怪的是，感覺像是未來會發生的事情。對於附身在機器上的傑伊來說，時間其實已經沒有任何意義。真切的過去和不可預知的未來，兩者之間的區別變得模糊，未來將會發生的事情似乎已經經歷過，而過去的記憶反而覺得像是對於未來的不詳預言。

隨著一陣突然響起的喧鬧聲，似乎可以焚毀一切的強光傾瀉而下，傑伊睜不開眼睛。有人告訴他，懲戒和監禁時間已經過去了，他像是在陌生的地方醒來的酒鬼，為了尋找現實感而努力。過去和未來混淆的時間概念，艱難地回歸到原有的位置，他的靈魂終於又回到隨意被棄置一邊的肉身裡。他拖著發麻的右腿，走出了禁閉室。兩隻烏鴉在他頭頂正上方刺耳地鳴叫一陣後，朝西方飛走了。

13

傑伊搭乘長途客運回到首爾。就在客車開進轉運站時，他感到深邃的平靜，那是一種回到了歸屬之地的心情。數百輛客車排放出的廢氣，以及引擎噪音撞擊牆壁和屋頂發出的共鳴聲；從四方湧來的乘客、攬客人、狂熱信徒和小商販，傑伊在他們當中得到靈魂的慰藉。他孑然屹立於轉運站中央，閉上了眼睛。聲音更凶猛地襲來，味道更濃烈。就這樣，他試圖努力去想像，一個只比自己大兩歲的少女，為了生下他走進轉運站的情景。

很難。傑伊只想起一個句子，「要發生的事情注定會發生」。他就像磨刀一樣複誦這個句子，神經變得尖銳起來。傑伊漸漸覺得高速客運轉運站是巨大怪物的子宮，他渴望鑽進把自己生下來的這座怪誕建築的靈魂中，可是他找不到入口，也找不到任何線索。傑伊的精神只是在轉運站的塵埃之中浮游，無法進入更深處。

也許還不是時候。

傑伊一睜開眼睛，現實中的轉運站便肉搏般地撲向他，兩個男人經過他的身邊時，撞到他的肩膀。

十六歲的傑伊如今在大學路。

路在流動，人們不停從這裡去到那裡，再從那裡向這裡移動。移動的人不關心道路本身，只把精神集中於櫥窗，以及從相反方向湧來的人群。大家就像安裝了靈敏感測器的機器人，雖從四面八方匯聚過來，彼此卻不會觸碰到，各自走自己的路。不過，如果有誰關心起道路本身，例如，拾起掉在路上的東西，或者站住向四處張望，人流就會糾纏在一起。這種情況下，一般人會想辦法繞過障礙物，再次匯聚到原來的人流中，隨後甚至不記得曾經有過障礙物。不過，依附道路生活的人，卻不會這樣。他們是路上的居民，因此對道路本身就很關心，總是注視路上是否有事情發生。就像圍牆上的流浪貓會張望其他的流浪貓，他們一眼就可以認出彼此。這是傑伊開始街頭生活之後，第一個領悟的道理。

傑伊擠在大學路的人群中，觀看舞臺上的少年跳街舞。少年舞者急切地想要展示自己柔軟的肢體能伸曲到何種程度，或者能向著重力的反方騰起到什麼高度。少女觀眾為了一個個動作而狂熱，發出亢奮的叫聲，舞者為了回報，展現更激烈的舞蹈。

有一次，傑伊做了自己變成一臺機器的夢。他在夢中意識到自己必須以機器生活，而且只能接受。由於某些原因，傑伊被改造成機器，這是在他沒有覺察到的時候進行的，醒來時一看已經變成了機器。說不定他是受到電影《機器戰警》中場面的影響。當時，傑伊感覺到的不是悲傷，而是急著要試驗他做為機器的性能，他不知道自己能不能飛向天空，或者一拳打透牆壁？不過，夢中的傑伊卻絲毫動彈不得。他煩悶不已，然後在某一個瞬間，他的肉身——如今已變成機器，突然開始動了起來，快得幾乎使人暈眩。雖然有規律，但卻無法控制，只是肆意亂動。

傑伊看到舞臺上的少年以自己的頭部為軸心，做出令人暈眩的旋轉時，再次想起那個夢。見到他們在舞蹈，彷彿精神留在臺下，而由機器構成的肉身在臺上做出絢麗的動作，這是他當時的心情。傑伊看著數個無法控制的機器，循著混亂的軌跡相互纏繞，體驗到了無力感。他不禁向後退了幾步，腳踩到站在他背後的人腳上。

腳被踩到之前，木蘭就注意到傑伊，他是那麼的不同。這個穿著破舊毛衣的少年，凝視臺上的舞者，就像試圖索解一道困難公式的學生，又好像在動用內心的力量去對抗舞臺所散發的能量。

「沒關係。」

木蘭對道歉的傑伊說道，同時抓住搖晃著身體想要離開的傑伊。

「你是不是哪裡不舒服啊？」

傑伊搖搖頭，然後抬頭看了木蘭。發現木蘭抓住他的手臂不放，傑伊再次搖晃身體後勉強維持住重心。

「第幾天啦？」

「什麼第幾天啊？」

傑伊一開始沒有理解這個問題。

「離家出走幾天了？」

如果孤兒院算得上是家，就是第四天，但是傑伊沒有回答。他和木蘭從舞臺前面聚集的半圓形人群中，一起向外擠出去。兩人在銀杏樹蔭下的長凳上坐下，喝醉酒的人喊叫著從他們面前走過。木蘭拿出香菸，傑伊接過來抽。

「妳是第幾天了？」

傑伊問道。

「只是來來去去。」

木蘭說道。

「我叫傑伊。」

「在熙？像女生的名字。」

「是傑伊，不是熙，是數字二[6]。」

傑伊用手指頭比了V字。

「妳叫什麼名字？」

「木蘭。」

「好奇怪的名字。」

「還說別人呢。」

木蘭咯咯笑道。

「我爸呀，自戀得要命，可能想與眾不同吧。」

她姓廉，廉木蘭，的確不是時下女生的名字。

「對啊，很像教科書上獨立運動家的名字。」

「是北韓的國花。」

「妳爸用北韓國花給女兒起名字？」

6 韓語中「伊」的發音，和數字二同音。

「嗯，我是七月六日生的，正好那天報紙上有一則新聞說，北韓的國花是木蘭花。據說最早發現木蘭花的人是金日成，我爸對花不太了解。我想他現在應該還在平壤吧。」

「參與政治活動嗎？」

「不是，他是拍電影的，最近好像在拍廣告。」

木蘭提起她爸爸拍過的幾部電影片名，其中有一部傑伊曾經聽說過。

「真丟臉。」

木蘭用鞋尖在地上亂畫著說道。她想起了爸爸。她爸是天生的多情種，結了三次婚，還是沒有情婦就活不了。木蘭是他第二任妻子生的。她有四個同父異母的兄弟，她的生母後來又跟另一個男人結婚。木蘭和同父異母的兄弟一起交由第三任妻子撫養。繼母是律師，經常沒回家。過沒多久，木蘭睡著時遭到同父異母的一個哥哥騷擾。他是第一任妻子的大兒子。木蘭爸爸知道之後，把兒子打了一頓；兒子跑出家門，偷偷開走在餐廳前面臨停的小轎車。凌晨四點，他衝撞停在路上的七輛車，隨後被警察抓住。無照駕駛，加上酒駕，被追撞的計程車司機重傷，送進了醫院。

「英語的話是 Mulan，我的護照也是這麼寫的，你看過那個動畫嗎？」

傑伊點點頭，是小時候看過的迪士尼動畫。古代中國一個名叫木蘭的少女代替父親從軍，立下戰功回鄉的故事。

「依我爸的說法，這個名字符合全球化時代，和即將到來的統一時代之類的。用英語容易發音，在中國也能通，北韓也會喜歡……都是放屁，胡說八道。女兒都在街頭要飯呢，還什麼國際化時代？啊，『南朝鮮小燕子[7]廉木蘭』不是比較相配嗎？」

木蘭笑道，接著對傑伊說：

「你有點特別啊。」

「我？我很平常啊，特別的不是妳嗎？」

「不，你更特別。你好像能把人看透，有內心被偷窺的感覺。」

「不，我無法進入妳的體內。」

傑伊搖搖頭。

「你可真搞笑，那又是什麼話？進到體內？你是X戰警？還是突變種啊？」

「跟我在動物園看老虎時的感覺差不多，我們彼此凝視對方的眼睛，可以在很短的時間內相互理解。不過，老虎一旦轉身離開，就好像從來沒有發生過似的。我雖然不太了解妳是一個什麼樣的人，不過剛才有一瞬間有過那種感覺。」

「我還沒見過真的老虎呢，總之是好話吧？某種能相通的。」

「嗯，好像是那樣。我和人不太……啊，很難說清楚，該怎麼說呢，很難聯結在一起。」

正當木蘭想問他，不是跟人相通，那跟什麼相通時，跳舞的少年突然從傑伊背後冒出來。由於表演剛結束不久，從他們身上還可以感覺到熱氣。他們把傑伊拉到文化會館後面

7 媒體將北韓的流浪兒稱為北朝鮮小燕子。

的陰暗角落，問說：

「蹺家了？」

一個矮小但很結實的街舞少年問道。傑伊回答說，差不多吧。看起來像隊長的這個少年，向傑伊靠近一步。傑伊心想說不定會飛來一記拳頭，不禁縮緊小腹。他說話的聲音又小又輕，不知道是不是因為穿著嘻哈風格的衣服，說的話聽起來也像饒舌歌。

「很多蹺家的孩子會來這裡，沒錯，就跟你一樣。不清楚為什麼，總之會來這裡。不管怎麼說，是覺得安心吧，因為這裡小孩子多。可能認為我們也是離家出走的。我們整夜沒睡，通宵熬夜的時候也很多，可是我們不是蹺家，是因為沒地方練舞，才來這裡的。知道我們每天練習多久嗎？我們住在一起、煮泡麵吃、忍受汗臭和腳臭，一整天都這樣，沒錯，我們每天練習十二個小時以上。學校方面有意見，所以我們就不上學了。沒錯，也有蹺家的人，不過，我們有合租的房子，也有要做的事情，這就是和你們的不同點。我們討厭毫無目的、四處遊蕩的傢伙。為什麼呢，因為像你們這種屁孩經常來閒晃的話，就會招來條子。條子的眼睛也真他媽的怪，就是分不清你們和我們，所以老是折騰我們這些無辜的人。靠，因為年紀小，就要說出學校。我們不去學校已經很久了，有自己離開，也有被開除的。總之，就是這樣。然後呢，條子說要連絡父母。當然，要連絡也行，父母都知道我們跳街舞，不過大半夜接到警察局電話，不會有人樂意吧？哪怕是已經放棄的孩子。我們爸媽到底為什麼要在大半夜跑去派出所？我們沒有犯罪，也不是蹺家。警察還算小兒科，如果是〈PD手冊〉[8]的話，教育廳、市廳、區廳、警察會全部出動，非把這裡踩平不可。你們在這裡溜達幾天，滾蛋就沒事了。我們可不行，這可是我們的飯碗。明白是什麼意思了嗎？」

「不要來這裡是吧？」傑伊答道。

「對，就是這個意思。不是叫你回家，不管去要飯，還是去送外賣，都是你的自由，只要別在這裡閒晃。我們第一次用說的，下次就不是用說的解決了。」

傑伊剛剛見識過他們的身體有多麼強悍，對於單手倒立，支撐整個身體的動作，還有像要穿透地板的強烈迴旋，都留下深刻的印象。要跟他們比力氣，看起來不可能。他們的年紀看起來比傑伊大三、四歲，無論是力氣、肌肉、爆發力、體能等各方面，傑伊都比不上。他們想要保護自己領域的這個純粹理由，雖然可以接受，年輕的傑伊仍然感到不痛快。他們為什麼不敢對抗比自己強大的警察、父母或學校，偏偏要欺負比自己弱勢並且無處依靠的孩子？

「聽說媚強凌弱不是嘻哈精神，不是應該展現更多的旋轉、更高的跳躍、更強烈的動感嗎？」

另一個街舞少年走到前面，他比傑伊高出一個頭。

「嘻哈精神什麼的，你要是想賣弄在網路上看到的屁話，乾脆就算了吧。看起來像從

8　韓國MBC電視臺所製作的時事新聞節目。

家裡出來沒幾天，哥就告訴你一件事。短暫來這裡看一眼，可能覺得一切都正常運轉，有舞臺，有街舞少年，還有ＤＪ、饒舌歌手，甚至還有音響；哇，看起來一切都很平和、都很順遂吧？女孩子也興奮叫好。可是，如果你以為背後也是如此，你就傻啦。這裡，他媽的就是野生叢林啊。美國？美國好啊。嘻哈？被欺壓的黑鬼為了反抗，在後巷到處使勁塗鴉，聚在一起，一對一單挑，這個聽說過吧？那裡不敢隨便惹黑人，他們人多，政治上也有勢力。我們呢？他媽的，不上學的青少年，連人都不算。要說大韓民國有階級，我們就在最底層，踩你也就踩了。反抗？你去反抗吧！只剩一張嘴的傢伙。」

他把右手舉到傑伊眼前，食指有點短。

「我接到入伍通知書，一閉眼就把食指給剁了。」

傑伊離開大學路，朝東大門市場方向走去。木蘭跟上來說：

「那些人不是只對你這樣。」

木蘭安慰傑伊。

「論實力，他們已經有參加世界大會的水準，警察和媒體卻動不動就來找麻煩，可能厭煩了吧。」

「但是會放過女生？」

傑伊以嘲弄的口吻淡淡地回問。

「有地方可去嗎？」

「聽說我出生在路和路相遇的地方，以後應該也會繼續住在路上，有這種預感。」

「你說話怎麼像個小老頭呢？『聽說我出生在路和路相遇的地方』。」

木蘭模仿傑伊說話。

「像個白痴、笨蛋吧？」

傑伊問道。

「有一點。」

木蘭咯咯直笑，接著問說：

「你有手機嗎？」

「手機？」

「有？沒有？」

「沒有。」

木蘭拉過傑伊的手，寫下自己的手機號碼。

「好像少了一個數字？」

傑伊望著手掌上的數字，頭歪向一邊問道。

「最後一個數字是三，這個要背下來。」

從此之後，在傑伊的腦海裡木蘭就是三。他在街頭遊蕩的日子，每次看到數字三就會想起木蘭。即使忘掉木蘭的容貌和聲音之後，三這個數字仍然激起傑伊的某種感覺。
「啊，」傑伊對木蘭說道，「手機借用一下行嗎？」
木蘭慢慢將手機遞過去，傑伊接過後開始按起號碼。

14

傑伊打電話來時，我正在從補習班回家的路上。
「是我，傑伊。」
傑伊說他從孤兒院逃出來，回到了首爾。我問他現在在哪裡。
「大學路。」
「那不就在附近嗎？有睡覺的地方嗎？」
他說他找到了晚上也有暖氣的廁所。
「流浪漢早晨進來洗頭之前，我就得出去。」
我要傑伊到我們家來。
「算了，這樣到處走很自在。」
聽起來像是擔心再次被送到安置機構。

「我會再連絡的。」

「你用誰的電話打的？」

「哦，是一個在大學路認識的朋友，現在得走了。」

傑伊掛上電話，把手機還給木蘭。

「剛才我說的最後一個號碼是什麼？」

木蘭問道。

「三。」

「很好，現在可以走了。」

傑伊離開時，木蘭送了他幾步。一個酒鬼一邊大叫，一邊穿越公園。傑伊開始走向街舞少年的敵意無法觸及的市中心，他必須找到睡覺的地方，四月初的春天，還沒有暖和到可以露宿街頭。傑伊最後找到的是中央市場的一個小巷，他擠進餐館家具店和餐具店之間的狹窄防火巷。他無法入眠，幾乎清醒熬過一整夜，遭囚禁的食用犬發出哀嚎，不知從何處傳來。傑伊心裡的緊張，如同在高強度運動中受傷的肌肉，無法輕易放鬆。

這天所發生的事情，讓傑伊意識到四處都有獵人的視線，而且那些獵人不是成年人，而是和自己年紀差不多的少年。此後，傑伊也遇到類似的情況。一旦傑伊出現，他們立刻就會注意到他，即便他逃得再快，也從來沒能逃過。他們像幽靈一樣，迅速發現沒有大人保護的孤立少年，然後把他們從自己的地盤驅逐出去。

傑伊在這樣的流浪生活中，學會了從自動販賣機撿硬幣的方法。先設定一個區域，整天在區域中的所有自動販賣機兜轉。行動必須敏捷又小心，避免被販賣機管理員和其他少年發覺。他牢記交叉路口的交通號誌變換頻率，以及雙向的交通流量。用較細的手指摳出硬幣，一天能撿到六十到九十元左右。傑伊用那些錢去市場買海苔飯捲果腹。

15

傑伊掏出身上所有的錢去了網咖。那天的天氣陰沉，下雨的春天夜晚，戶外很難熬，地下道又已經被年老的流浪漢占領。網咖裡有三個同齡人正分組打線上遊戲，傑伊坐在他們旁邊。

「喂、喂、喂。」

一名穿著汙跡斑斑白色帽T的少年，對著傑伊喊叫。他是三人中身體最壯的，鼻子下面黑黑的，看起來已經像個大人。

「幹嘛？」

「蹺家了？」

「差不多吧，幹嘛？」

「一個人？」

「不是，約了個人。」

「放屁，明明是一個人！」

「對，沒錯，是一個人。」

帽T跟坐在旁邊的少年說道：

「喂，這小子說是一個人。」

帽T又搥一下傑伊的後背問說：

「想加入嗎？」

傑伊知道他們玩的線上遊戲是什麼，是小學時玩過的「戰略遊戲」。

「玩得不好。」

「湊數就行。」

傑伊和帽T一組，和另外兩人對打，似乎是原本約好要來的朋友沒有來。遊戲過程很愉快，帽T很有實力，彌補了傑伊的不足。儘管傑伊這一組最後輸了，但並不是一邊倒的勝負。傑伊從三名少年在遊戲過程中的對話，大概猜出他們的處境，以及接下來要去的地方。遊戲結束後，帽T站起來拿起包包，對另外兩人說道：

「靠，走吧。」

「去哪裡？」

傑伊坐著問站起身的少年。頭戴紐約洋基隊棒球帽的少年嘲諷說：

「知道要幹嘛？」

傑伊鼓起勇氣，戰戰兢兢地開口說，他的錢都花完了，不能待在網咖，假如有睡覺的地方，能不能借宿一晚。棒球帽噗哧一聲笑說：

「白痴，讓你參一腳玩遊戲，還以為是自己人了。」

個頭最高的帽T靠近傑伊問說：

「來當我們的奴隸，行嗎？」

「奴隸？」

「不知道奴隸嗎？叫你做什麼就做什麼。」

三個人看著傑伊，他沒有選擇的餘地。

「知道了，我做。」

棒球帽插嘴制止帽T。

「靠，剛見面的兔崽子，帶他去幹嘛？好了，我們自己去就行。走吧，幹。」

「去哪裡？」

傑伊追問。

「滾，沒你的事，閃一邊去，自己打遊戲吧，噁心的傢伙。」

耳朵上釘著耳釘的少年恐嚇傑伊。

「這小子不是說願意當奴隸嗎？要不你來代替他當？」

帽T這句話讓耳釘向後退一步，朝地上吐了一口痰。帽T對傑伊說：

「喂，我們現在要去見女的，她們有四個人，我們是三個，加上你剛好是四個人。」

「靠，操你媽的，不是說別帶他嗎？身上有道味，真的。」

棒球帽皺著眉頭，再次表示反對。帽T突然發火。

「你這傢伙鬧什麼呀，是你組織的嗎？你不也是混進來的，話還真多，拜託閉嘴吧，廢物。」

棒球帽口中雖然嘟嘟囔囔，但也沒有再反對。帽T抓住傑伊的手臂，把他從椅子上拉起來。

「啊，我買了定額時數的……」

帽T使勁拉起猶豫不決的傑伊，說道：

「白痴，從你雞巴流出來的才是精液[9]。」

另外兩個人好像覺得很幽默，笑了起來。傑伊跟著他們走出網咖，帽T在路上給傑伊做了簡單的新生教育，聽起來像是暗號。

「你排最後，我們先挑，然後才是你，醜八怪也別抱怨。要是只有三個女的，你就自己打手槍。知道吧？不要覺得委屈，還有閉上嘴。今天晚上，你的嘴動都別動。」

9　韓語中「定額」與「精液」同音。

他們在東大門的服飾購物中心，和女孩見面。女孩好像是工廠統一製造出來的，個子差不多高，服裝風格也一樣，都是緊身褲配貼身襯衫，外面套著廉價的開襟衫。女孩臉上都化濃妝，因此看起來比眼前的男孩大三、四歲。然而，她們的神態和表情卻顯露無法掩飾的稚嫩。其中一個女孩很顯眼，眉清目秀，臉頰線條柔和，男孩都盯著她看。她們當中個子最高、頭髮旁分的女孩，負責做決定；頭上別著兩個水鑽髮夾的女孩，像是祕書一般站在旁邊；口中嚼口香糖的女孩站在最後面。

「先去吃點東西吧？」

大家都同意帽T的提議。他們在附近的一家炒年糕店找到位子坐下。女孩狼吞虎咽，把炒年糕和血腸一掃而空，似乎是從早上餓到現在。

「怎麼現在才出來？」

帽T問起時，旁分頭回答說：

「時間不好搞。」

女孩發出咯咯笑聲。三個女孩為了等最後一個漂亮的女孩離家出走，等了好一陣子，因為如果連一個漂亮的女生都沒有的話，蹺家往往會失敗收場。蹺家之後，最遲得在第二天找到有屋頂、可以睡覺的房子。為了吸引男孩願意提供住宿的地方，漂亮的女孩是必需的。她們從經驗中學到，起碼要有一個人長得好看，才能在蹺家的圈子裡受到推崇，才能找到睡的地方。那個漂亮女孩猶豫不決，她們連恐嚇帶騙，最終把她拉進來。

女孩帶來的漂亮女生是智妍，她的長相似乎有點不對稱，但確實有吸引人的地方。男孩買了燒酒和下酒菜，帶著女孩向帽T家走去。他家是多層住宅樓的半地下室，父母不在家。他的父母在爺爺去世之後，搬到爺爺家裡住，目前這間兩房的房子，只住帽T和他姊姊，不過聽說他姊姊已經兩個多月沒有回家了。

「她經常那樣。」

帽T不在乎地說道。男孩魚貫走下樓後，兩個女孩在後面發生輕微的口角。帽T走出去說了些什麼，女孩這才開始依次朝地下室走去。一群人接著開始喝酒，酒勁上來之後玩起脫衣服的遊戲。遊戲中每輸一次，就要脫掉一件衣服。一個女孩接連輸掉，脫下牛仔褲，身上只剩下胸罩和內褲。哇哇哇，已經過了變聲期的少年喊叫著，聽起來像大猩猩。

遊戲繼續進行。

眾人所注目的智妍，一件兩件地脫下衣服。傑伊也一直輸到只剩下內褲，八個年輕肉體所散發的腥味和熱氣，填滿了半地下室。除了傑伊，其他人看起來都不止玩過一兩次，雖然大聲嚷嚷，卻都沒有什麼抵抗，似乎都很清楚事情將如何發展。這些孩子真的清楚嗎？傑伊感到害怕，他和智妍的目光短暫對視，隨之迅速低下頭。

女孩的乳房一一露出。個子差不多，打扮風格也一致的女孩，乳房竟然長得不一樣，這使傑伊略微受到衝擊。有的已像大人一般豐滿，有的還沒有完全發育，有的像木瓜一樣長並且下垂，也有像蜜桃一樣渾圓而結實。酒勁加上興奮，所有人的呼吸都變得急促，遊戲的速度也逐漸加快。終於，到了一個女孩（好像是水鑽）要脫下身上最後一件、遊戲即將結束的瞬間，旁分頭突然站起來大叫：

「靠，是要玩到什麼時候？」

帽T（雖然衣服已經脫掉，但是沒有其他名字可叫）站起來，不由分說賞旁分頭一個耳光，罵說妳這個騷貨，所有人聽了齊聲爆出喧鬧的笑聲。甚至挨打的旁分頭也撒嬌說：「什麼呀，好痛欸。」之後也一起跟著笑。帽T抓住旁分頭的手臂，往房間走去。只穿著內褲的旁分頭，一步步跳過餅乾包裝袋，跟著他進房。以此為信號，一直對智妍虎視眈眈的棒球帽，一把抓住智妍的手臂。然後問題發生了，智妍甩開棒球帽，棒球帽難以理解似的看著水鑽和口香糖。兩個女孩先安撫亢奮的棒球帽，再把智妍帶到角落。她們雖然壓低聲音說話，不過全都聽得到，她們問智妍：

「是不想被人上，還是不喜歡他？」

「都煩。」智妍表情厭惡地說道。

「妳是吃飽了撐著嗎，現在才說不行，是想怎樣？要去睡大街啊？」

「不知道，就是煩，今天狀態也不好。」

房間裡傳出床板晃動的吵雜聲。心急火燎的棒球帽終於忍不住，撲向智妍。

「臭三八，妳在開玩笑嗎？」

傑伊跳起來抱住棒球帽的腰，把他摔到地上。棒球帽甩開傑伊的手臂，用膝蓋撞他的臉，傑伊摔倒在地上，流出鼻血。不知道是不是還不解恨，棒球帽使出吃奶的力氣又朝傑伊的肚子踢了幾腳。

「哇，踹得真夠重的。」

圍觀的一個女孩咯咯笑著說。棒球帽砰一聲推開房門，朝著帽T大喊。

「喂，出來，快出來一下。」

「幹什麼呀？靠！」

頭髮散亂的帽T走到外面。角落的女孩看到帽T搖晃著生殖器跑出來，都不自覺地向後退了幾步。帽T一出來就看出端倪，厲聲呵斥。

「賤人……要是不樂意，都給我滾！臭三八，給妳們睡的地方，還不知好歹！」

女孩被他的氣勢嚇住，放棄進一步說服的企圖，扯住智妍的頭髮讓她跪在地上。智妍只穿著內褲的身軀，像倒空的可樂易開罐，被壓扁在地上。旁分頭從房裡光著身子跑出來，直接往智妍的側臉踢了一下。智妍橫倒在地上，水鑽點上菸後深吸一口，然後走到智妍的身邊。只有傑伊一個人不知道菸頭的用途，他看到智妍的目光投向燒紅的菸頭時，才知道會發生什麼事情。水鑽沒有絲毫猶豫，用菸頭燙智妍的大腿。此時，智妍開始哭著哀求說自己做錯了。水鑽和口香糖像是要攙扶智妍，把手插到她的腋下，一把將她抬起來，然後在地上拖行，扔進隔壁房間。棒球帽一邊脫內褲一邊跑進去，帽T也跟著進去，在廁所待了一會兒的耳釘，也一起加入。三個男人撲向智妍的聲音，喧鬧地傳來。其他女孩像是結束上半場的網球運動員，一屁股坐到地上抽菸，裸露著乳房和大腿，大腿上都有被菸頭燙傷或自殘的傷痕。她們毫無表情，與其說是在壓抑感情，還不如說是剛從深眠中睡醒，看著像在發呆。

「喂，你們都輕點，想弄死她呀。」

只有旁分頭朝隔壁房間喊了這句話。傑伊突然站起來衝到廁所，對著彷彿不曾打掃過的骯髒馬桶，把肚子裡的東西全部吐出來，可能因為吃了炒年糕，吐出紅色的嘔吐物。不知道是因為酒，還是因為眼前發生的事情，傑伊感到頭昏，而且持續反胃。他從廁所一回來，就倒在角落邊。在他陷入似夢非夢，對於周圍發生的事情漸漸喪失知覺時，少年不停更換性伴侶繼續做愛。

傑伊清醒過來時，已是第二天的下午。少年買來油炸食物，邊吃邊玩。女孩輪流去廁所化妝或洗澡。男孩不是在電腦上玩射擊遊戲，就是纏著女孩玩剪刀石頭布。最讓傑伊困惑的是，從他們身上絲毫找不到昨晚那場騷動的痕跡。在菸頭脅迫下遭到輪奸的智妍，若無其事地和男孩開玩笑，還跟女孩一起嘰嘰喳喳。一夜之間重新恢復了秩序。傑伊醒悟到這裡不是人的世界，而是茹毛飲血的野生世界。

男孩拍打傑伊的後腦杓，七嘴八舌道：

「白痴，聽說昏倒了？呵呵呵。」

「越是這樣的傢伙，以後越來勁，廢物。」

棒球帽表情扭曲，威脅傑伊。

「你要是再像昨晚那樣發瘋，非把你弄死不可。你一個奴隸囂張什麼？」

傑伊不答話，只是吃著冷掉的油炸食物，然後坐在角落觀看孩子的動靜。男生和女生的老大，帽T和旁分頭，像家長和主婦一般開始管理家庭，重要的問題由他們兩人商議決定，他們所決定的事情，所有人都必須服從，如果不服從，毫無疑問就會施加拿菸燙之類的懲罰。這是傑伊十幾年前在遊樂場中玩過的，家家酒的噩夢版或是色情版。八個男女在狹小的房子裡，像工蟻般不停進出。傑伊一個人打掃比轉運站還要骯髒的廁所，沒有適合的清潔劑，只好泡肥皂水清洗。這是他在孤兒院經常做的事情。尿急的耳釘發現傑伊正在打掃，便打開廁所門給大家看，所有人都沒頭沒腦地哈哈大笑。耳釘像在作秀似的，把尿液噴灑在剛清洗過的馬桶上。

女孩聚在電腦前看賽我網[10]。現實中一無所有的女孩，在網路上都擁有裝飾華麗的房間。女孩在線上痛罵她們都認識的一個女生，惡言惡語不停地來回。揚言要是回學校要先教訓教訓那個賤貨，然後又到其他網站認真地留言。不久旁分頭出去講電話，回來時右手握緊拳頭，大叫一聲「yes!」女孩齊聲叫好，又是照鏡子，又是補妝，鬧了一陣才準備出去。

「哥哥，我們出去一趟。」

「一定要買炸雞回來，辣味的。」

10　Cyworld，韓國最受歡迎的社群交友網站之一。

「知道了。」

女孩都出去後，屋裡變得空空蕩蕩，傑伊問：

「她們去哪裡？」

「去買炸雞。」

帽T呵呵笑著說道。大約過了兩小時，女孩真的帶著炸雞回來了。只有口香糖顯得不開心，其他人都很開心。口香糖進去廁所，很長時間都沒有出來。她肯定是在哭。其他女孩啃著炸雞，彷彿在炫耀什麼壯舉似的，大聲說起約見口香糖的變態中年男子。

這樣的日子持續進行。無論是白天或夜晚，女孩一賺到錢，就會去買炸雞、披薩、碳酸飲料和燒酒。傑伊不僅是男孩的奴隸，也要替女孩跑腿：倒菸灰缸、擦乾嘔吐物、買衛生棉、買香菸。每天晚上都上演亂七八糟的事。不需要脫衣服的遊戲了，男女的身體糾纏在一起，沒有保險套和避孕藥。帽T好心對旁分頭說，讓傑伊脫離處男，旁分頭卻一口回絕，她說傑伊「又髒又噁心」。不過，她其實是在看棒球帽的臉色，其他女孩也一樣。

有一天清晨，傑伊醒來發現睡著的智妍蜷縮在他身邊，他輕輕撫摸智妍的臉，皮膚又白又細嫩。他把舌頭伸進智妍的嘴裡。智妍不知道是誰，習慣性地接納入侵的舌頭，隨後才慢慢醒過來。智妍瞇著眼睛看出往自己嘴裡伸進舌頭的是誰，突然跳起來大叫一聲。彷彿這種事情是生平第一次，她剛才正經驗到世上最恐怖的經歷。

女孩聞聲全都醒了過來，接著棒球帽和耳釘走進客廳，開始踹傑伊。他們問都不問發生了什麼事情，只是反射似的又踢又踹。傑伊被打到幾乎無法呼吸時，智妍試圖阻止：我沒有被上，不要打了，不要再打了。然而，暴行直到屋主帽T出來後才完全結束。

「想去少年感化院嗎？別打了。」

棒球帽抓起正在哭的智妍頭髮，拖進房間裡，把她推到地上、扒開兩條腿，然後把自己的身體壓上去。傑伊爬到廁所，把臉洗乾淨，感到全身在燃燒。是強烈的殺意，還是炙熱的慾火，連傑伊自己都無從區分。確實如此，正是那樣的年紀。如果有無法言喻的東西在沸騰，只知道去感受沸騰的年紀。傑伊走出廁所，凝視一陣削了蘋果之後放在一邊的水果刀。水鑽察覺到危險，走向前去，不發一語地挽住傑伊的手臂。那雙手多情又溫暖，另人無法相信是屬於想在朋友臉上燙菸疤的女孩。水鑽擁抱傑伊，此時傑伊才發現她一絲不掛。那是穿了也像脫掉，脫了也像穿著的日子。水鑽慢慢地放低身體，開始舔傑伊的生殖器，傑伊這時才忘了那把鋒利的小刀，然後流著淚把精液射進水鑽嘴裡。水鑽仰望傑伊，傑伊避開她的目光，然後悄悄地到了屋外。

巷道裡一片平和。就在居民眼皮底下，十五六歲的女孩到處出賣肉體，並用這麼掙來的錢生活，每晚都在亂交，這些事情似乎沒有人知道。一名五十多歲的女人出來倒垃圾，用眼角餘光瞥了傑伊一眼，便匆匆走進家裡。不，也許所有人都知道，只是都在裝聾作啞。紅磚牆上有一隻三色貓在發情，發出刺耳的哀號。傑伊問自己，到底為什麼會發生這樣的事情？當然得不到任何答案。傑伊身體瑟瑟發抖，又回到他們的世界。

幾天之後，情況開始逐漸出現變化。亂交變少了（倒不是完全沒有），有了固定的配對。口香糖因為腹瀉嚴重而回家，女孩變成三個人。身為老大的帽T和旁分頭一起睡，智妍和棒球帽一起睡，耳釘和水鑽一起睡。傑伊繼續當奴隸，女孩喝醉後，偶爾會像是施捨似的，用各種方法解決他的性慾。

隨著時間流逝，女孩說的話越來越有分量，是因為賺錢回來的是女孩，還是本來就應該這樣，傑伊無從得知。男孩開始得聽旁分頭的嘮叨。家比剛開始乾淨了一些，這一點他們沒有意見。女孩賺到錢，大家就去網咖玩線上遊戲，或者到ＫＴＶ蹦蹦跳跳地唱歌。漂亮的智妍有時候會以視頻聊天把男人勾引出來，實際上則是由水鑽或旁分頭去接客。她們一次得到的錢好像介於五萬到十萬元之間。一個女孩進旅館時，另外兩個就等在外面玩手機。這段時間男孩在家裡一邊打鬧，一邊玩電腦遊戲

「今天不要碰她，她身體不舒服。」

旁分頭這麼對男孩說。那一天，水鑽和兩個男人肛交，女孩抱著癱倒的水鑽痛哭。這樣痛哭一陣之後，轉眼又化好妝，說是要去ＫＴＶ轉換心情。女孩過了子夜才回來，手上帶著傷，問她們出了什麼事，她們回答說偶然和一個臭三八狹路相逢，直接扁了對方一頓。

有一天，女孩說要幫棒球帽慶生，買了生日蛋糕回來。嚷嚷著打開廉價的香檳，又放了鞭炮。女孩把蛋糕扣在棒球帽的臉上，男孩則把棒球帽脫得精光，用腳踩他來慶生，後

來棒球帽一顆門牙斷裂時，大家還哈哈叫好。大家喝得爛醉之後，模仿「英九不在」[11]的橋段，又叫棒球帽在地上趴著，大夥用手拍打他的後背，一邊唱起：幹嘛生下來，媽的，幹嘛生下來，媽的，幹嘛要生到這個狗屎一樣的世界。

「這種日子要過到什麼時候？」

有一天晚上，女孩都出去賺錢，帽T呆坐著看電視，傑伊小心翼翼地問口問他。帽T一開始沒有聽懂，彷彿聽到外語，略微張開嘴、皺起眉頭。

「這種？這種怎麼啦？」

他啃著昨晚吃剩的冷雞腿，不屑地回問。傑伊環顧屋內說道：

「就像你看到的啊，和女孩子一起。」

「和女孩子一起怎麼了？你是說要胡鬧到什麼時候嗎？幹嘛？不喜歡？不喜歡就滾吧。」

「不是，只是好奇才問的，總是這樣嗎？」

傑伊心想帽T說不定會突然衝過來，心裡提高警覺。不過，帽T卻顯得不在乎。

「女孩子很快就會走的。」

「去哪裡？什麼時候？」

11　英九是一九八〇年代末帶給韓國人歡樂的喜劇角色。節目中每當英九聽到外面有人喊他的名字，就會打開門大喊「英九不在」，一時成為流行語。

「誰知道。媽的，能靠她們吃飯到什麼時候，就到什麼時候。那些女生幹不久的。」

「幹不久？是要回家嗎？」

「或許沒人是自願回家的，不過，除了家她們還能上哪兒去？她們相處久了就起內鬨，或是孤立某一個人，或是分派系打起來，然後就突然——砰！」

帽T呵呵笑著說。

「妙的是，打得起勁的女孩，離開的時候還是一起走。」

「為什麼要打架？」

帽T不可思議地看了傑伊一會兒，接著噗哧一笑。

「你問我為什麼要打架？」

他朝屋裡看一圈，悠悠地說：

「這是人過的日子嗎？」

難以相信這是十六歲同齡人會說的話，傑伊感到吃驚。

「都是胡鬧一陣而已，這種事怎麼能天天幹啊？不過，這群臭三八，也不知道是智商低，還是本來就傻，很快就會忘得一乾二淨。爬回家後，過不了幾天，找到新成員就會再出來，然後又再爬回家去。」

「原來是這樣。」

「幹嘛？有以後想再見的女生嗎？」

「沒有。」

「放屁，眼珠子不是成天追著智妍。」

「……」

「幹嘛？因為中宇那小子？」

中宇是棒球帽的名字。

「搞他啊，白痴。」

「你們不是朋友嗎？」

「朋友？我跟那小子？」

帽T哈哈笑。

「朋友個屁。靠，別說屁話，還是開槍吧。」

兩人坐在電腦螢幕前面，打死了數千名恐怖份子。彪形大漢身上纏著自殺炸彈，配備手榴彈發射器和AK47自動步槍，飛濺著鮮血和骨髓倒在地上。螢幕下方早已被鮮血染紅。

女孩回來了。棒球帽睡一大覺後也醒過來，應該是聞到女孩買回來的披薩香味。傑伊從儲藏室拎著啤酒出來，砸向正往嘴裡塞披薩的棒球帽腦袋。棒球帽毫無防備，來不及說話就倒在地上。女孩大聲尖叫，傑伊又用腳踢了棒球帽的肚子。為什麼會發生這種事情？沒有人知道，也沒有人追問。耳釘跳起來抱住傑伊的腰，旁分頭趁這個時候把棒球帽拖到隔壁房間。帽T只是安靜地坐著趁熱吃披薩，智妍靠在洗碗槽邊，表情驚駭地看著事情發生。

棒球帽清醒過來後，躲著傑伊默默離開了。只有帽T禮貌性說了一句，回頭見，跟空話差不多；其他人都很冷淡。到了晚上，傑伊抓住智妍的手腕，把她拉進被窩。沒有人制止他。

「不要射在裡面。」

傑伊的身體正要推進的瞬間，智妍皺著眉頭懇求他。不過，因為傑伊不知道那是什麼意思，所以不可能照辦。傑伊人生中的第一次性交很快就結束了，心情就像頭部中了一槍而癱軟，智妍跨過他，跑進廁所。砰砰砰，從廁所傳出來用力跳腳的聲音。

「聽說那麼做才不會懷孕，你以後要射在外面。」

傑伊答應會那麼做。第二天早上，傑伊正在擦拭塑膠地板上的血跡，清除他施暴的痕跡時，帽T從旁邊經過說道：

「用冷水，血跡得用冷水擦。」

當天下午，傑伊去超市去買碗裝泡麵和廁所清潔劑。買完東西回來時，看到有輛陌生的廂型車停在門口。傑伊出門時沒有看到這輛車，他躲在遠處查看車內，裡面有五名健壯的男人，正盯著帽T家半地下室房子的入口。傑伊繞到廂型車視線之外，注視著動向。一會兒之後，廂型車門打開，男人打量四周後向半地下室靠近。一個人按門鈴，其他人在不遠處待命，門一開就一起闖入。五個孩子一一被押了出來，智妍可能來不及穿鞋，只有一隻腳上套著男用拖鞋。水鑽單獨被帶到離廂型車三十公尺遠的老舊轎車上。事後才知道，那也是潛伏中的巡警車。報警的人應該是棒球帽。

鄰居圍過來觀看大白天發生的騷動，一邊發出驚嘆，臉上的表情是做夢都想不到會有這種事。

16

類似的事情，傑伊此後又經歷過幾次。房子狹小又骯髒，隨處是燒酒瓶和雞骨頭，青少年男女每晚喝酒胡鬧，即使是小事也相互訴諸殘酷的暴力。對於那些事不想再複述，只說說傑伊最後一次的經歷，那個最凶殘的團體，之後再往下說吧。那個團體可說是監禁了一個有輕微精神障礙的女孩，依靠政府給女孩的基本生活費和殘疾津貼生活。老大是一個十七歲的少年，他在網路聊天室認識漢娜，先住到漢娜家裡後，又讓自己的妹妹和中學男同學住進來。他的妹妹叫金喜，男同學叫耐吉。

傑伊在便利商店吃泡麵時認識了金喜。金喜看上了傑伊，對他說：

「你有點可愛，我有房子，要一起走嗎？」

傑伊沒有理由拒絕，遂跟著金喜走。路上發現一個被扔掉的床墊，金喜要傑伊一起抬走。傑伊說自己抬得動，一把扛了起來。這是孤兒院每次大掃除時，他經常做的事。

「只要好好抓住中心就可以。」

兩個男孩不時毆打漢娜，那時金喜會避開他們，不是上網，就是靠在傑伊身邊。毆打漢娜的理由令人傻眼。漢娜名義上是老大的「東西」，有一天他發現漢娜和耐吉接吻，準確地說是耐吉性騷擾漢娜時被老大逮住。老大先是把耐吉叫去盤問，耐吉辯稱是漢娜先對他暗送秋波。這兩個雄性動物隨即達成協議，接著老大和耐吉把漢娜捆綁在椅子上，開始施以「懲罰」。他們翻來覆去詢問「為什麼要勾引耐吉」。那完全是為了拷問而拷問，一旦有人開頭，誰都無法制止。老大擔心被耐吉看輕，耐吉怕老大誤會，金喜則擔心別人以為自己和漢娜是一夥的，所以沒有勸阻。漢娜智力低下，掌握不到對方想要什麼回答，總是答非所問，每當這時兩個少年便會加重暴力。他們把鐵湯匙在瓦斯爐上加熱之後，拿去燙漢娜的大腿，或者把她捆綁在椅子上叫她睡覺。漢娜尿失禁，便說噁心而毆打她。

傑伊問喜歡自己的金喜，為什麼袖手旁觀？為什麼不叫哥哥住手？金喜的視線固定在電腦螢幕的遊戲上，用冰冷又無情的口氣說，省省吧，得教訓教訓她。

幾天後，男孩去銀行領取支付給漢娜的救濟金，金喜去美容院剪頭髮，漢娜仍被捆綁在椅子上。傑伊獨自待在金喜的房間裡，久違地感覺到靈魂震盪的感受。他在孤兒院禁閉室體驗過的紊亂又開始了。他的靈魂掙脫身體的束縛，開始去尋找另一個宿主。他浮游的靈魂滲入到椅子中，中國產的劣質木椅正在經歷痛苦，它的波紋讓傑伊的精神隨之晃動。

椅子由於突破憤怒的臨界點而失衡，分岔的嗓音像機關槍一樣，噴吐出不合語法的字句。從漢娜身上流出的體液，以及因此而遭受的侮蔑，讓椅子痛苦不已。漢娜的痛苦和椅子產生物理性的結合，這一點卻違逆了椅子所自豪的實用本性。傑伊鬆開漢娜身上的繩子。

「跟妳爸爸說他們折磨妳。」

漢娜的爸爸酗酒，在建築工地打零工度日，雖然偶爾會回來探望漢娜，但是他似乎很慶幸孩子們願意替他照顧傻乎乎的女兒。

「他們回來之前趕快逃走，快點！」

漢娜搖搖頭，說她愛著老大。

「妳知道什麼是愛嗎？」

「我不是傻瓜，我知道愛。我愛他，他也愛我，是因為愛我才會這麼做。我受得了，再把我綁上吧。」

她口齒不清地哀求傑伊，伸出了雙手。

「要做什麼？要我再綁起來？」

「對。」

「不行。」

「我願意，我願意，是我願意的。」

她不顧一切地哭鬧，同時揮打傑伊。空氣中有一股濃烈的尿騷味。

「那麼，先洗澡吧。」

「我討厭洗澡。」

她似乎覺得因為自己和耐吉接吻，才得遭受這樣的痛苦，怎麼能去洗澡呢？她唯一希望的是，在老大回來之前恢復到原來的狀態。傑伊對她的盲從感到厭煩，拿起繩子把她綁起來。椅子吱吱作響，傑伊彷彿可以聽到椅子在慘叫。

「不會告狀的，我什麼都不會說。」

漢娜好意地說不會告訴老大傑伊所做的事情。老大比傑伊高出一個頭，傑伊知道自己打不過他，而且耐吉總是在老大身邊。不過，眼前就算打得過，大概也沒有用處吧？給深陷泥沼的靈魂垂放繩子，如果對方沒有攀爬上來的意志也是白費力氣。哪怕刺破輪胎，哪怕打倒強敵，自己能夠改變的事情其實什麼都沒有。僅僅是因為自己還小嗎？還是因為沒有力量又不明世事？傑伊不曾有過宗教信仰，此刻卻不得不思考神。除非是神，要不然這樣的事情絕對不可能解決。傑伊甚至想到去報警，不過只要漢娜否認，他們很快就會被釋放，然後又回到漢娜家。

金喜一從美容院回來，傑伊就說：

「給漢娜鬆綁吧。」

「為什麼？」

「得由妳鬆綁，快點。」

「不行，我哥不會放過我的。」

「妳要是不把她鬆綁，我就離開這個家。」

她以眼神探詢傑伊的真意。傑伊的語氣更加堅決。

「鬆開她，然後告訴妳哥哥。」

「不能那麼做，是這賤貨先勾引的。」

「別胡說，妳該不會是認為多虧有她，妳才能過得舒服點吧？是嗎？」

金喜凶狠地睜大眼睛說：

「哦，這個賤貨也勾引你了？這個臭三八？」

金喜抓住漢娜的頭髮搖晃，被綁在椅子上的漢娜，隨即倒在地上。傑伊用手扣住金喜的脖子，她掙扎著反抗。傑伊揮拳打她的肚子，她一彎腰癱倒在地上。漢娜被綁在椅子上挨打的時候，從來不曾哭過，見到金喜氣喘吁吁、痛苦不已的模樣，她像頭受傷的母牛一樣哀叫。傑伊鬆開漢娜，把金喜綁在椅子上，綁得死緊。

「我愛你，你不是知道我愛你嗎？為什麼要這樣，真是的。」

金喜苦苦哀求，但是傑伊不想聽。他把漢娜關到房間，等待男孩回來。為了預防萬一，他準備了一把水果刀，藏在枯萎的橡膠樹花盆裡。老大和耐吉一開始並沒有察覺，他們脫下鞋子，漫不經心地走進房間。等到捆綁在椅子上的金喜哭喊起來，他們才停下腳步。然而，直到此時他們還不清楚是什麼情況。椅子上的不是漢娜，而是金喜，怎麼可能會有這種事？傑伊打開廁所門走了出來，隔著椅子和他們相對而立。只見老大綳緊手臂，聲音顫抖。

「媽的，這到底在搞什麼鬼？」

「搞鬼？你是指什麼？」傑伊平靜地問道。

「哥哥，這渾小子瘋了，快把我鬆開，手臂疼死啦。」金喜叫道。

「這小子綁的？」耐吉問道。

「他用拳頭打我的肚子，我以為我死定了。這人完全瘋了，這小兔崽子。」

「所以說，為什麼把這狗娘養的帶回來？」

「快把我鬆開啦。」

不過，老大沒有將視線從傑伊身上移開，似乎是在想，鬆開妹妹時傑伊說不定會撲上來。耐吉繞著椅子，慢慢靠近傑伊。

「你最好不要太靠近。」傑伊說道。

老大使眼色阻止耐吉靠近傑伊，問道：

「我只問一句，你為什麼要這樣？你真的瘋了？」

「金喜勾引耐吉，所以我在懲罰她。怎麼，這麼做不行嗎？」

「胡說八道什麼呀？」

耐吉大吃一驚，大聲叫喊。

「哥，這小子瘋了，跟他聊什麼呀，直接弄死他。」

「好，那就殺了埋院子裡吧。」

老大陰沉地說著，小心翼翼向前靠近一步。傑伊不禁想到，自己說不定會死在這裡。他的腦中浮現火焰籠罩下的養狗場，整夜哀鳴的狗吠聲，還有滲進牠們靈魂之中的寧靜夜晚。這麼一想，眼下遭遇的事情似乎沒什麼好怕的。此外，老大虛張聲勢說要把他殺掉埋了，反而讓傑伊綳緊的神經放鬆下來。

「我也有事想問你妹妹。她勾引了耐吉那小子，所以我也想問她為什麼要那麼做，你們就讓開吧。」

「這小子真讓人傻眼，哪有這樣的瘋子？」

老大和耐吉怒不可遏，繞過椅子衝向傑伊。耐吉抓住傑伊的腰，老大接著用腳踢傑伊的膝蓋。傑伊毫不畏懼，一拳打在老大臉上，然後向後退，拿出藏在花盆裡的水果刀揮動。水果刀揮得毫無章法，彷彿溜冰鞋輪子絆到了小石頭，畫出凌亂的弧線。傑伊可以清楚看到，鮮紅的血液濺到天花板上。啊，耐吉大叫，捂著肩膀癱坐到地上。花襯衫的前襟被劃開了。刀子割破襯衫，在肩膀留下刺傷。傑伊事後回想，那和刺破輪胎不一樣，是更輕盈的感覺。老大嚇得直往後退，耐吉在滿是鮮血的地板上匍匐而行，摸索能當作武器的東西，但是傑伊早已將那樣的東西清理掉。耐吉身上的牛仔褲吸收地上的血液，逐漸變成黑色。

傑伊對老大說：

「你問問你妹妹，為什麼要勾引耐吉。」

老大不說話，思考一陣之後對傑伊說：

「放下刀子安靜走出去的話，我保證不會追你。」

「什麼？不能放過這個狗娘養的！」

耐吉大喊，但是老大要他閉嘴，對著傑伊說話。傑伊注意到他的聲音微微顫抖。

「放下刀子，從家裡出去。雖然不知道你為什麼這麼做，總之你走吧。還得送他去醫院，你也見到了吧？他媽的流了很多血，放著不管就死定了。」

「跪下。」傑伊說。

「什麼？」

「不是聽到了嗎？到牆那邊。」

老大意外順從地面朝牆壁盤腿而坐，但並沒有下跪。傑伊走到他背後，把刀子架到脖子上，再一次說道：

「不是叫你跪下嗎？」

老大跪下了。耐吉也匍匐過來趴下，他已經沒有力氣下跪。到了這時候，金喜才緊閉雙唇，驚恐地看著傑伊。傑伊說：

「我不是要當什麼英雄，只是，他媽的，不能對人做出這種事情。我的話很難懂嗎？」

傑伊用刀尖碰了碰老大的脖子，老大搖搖頭。

「不難吧？不會太難，我的話很好懂。」

傑伊照電影中看到過的那樣，抬起右腳用力踢屈膝下跪的老大後背。老大失去重心，向前撲倒。傑伊走出家門時，看了金喜一眼，金喜避開他的視線，把頭側向一邊。不會有任何變化，過幾天再來看，他們仍然過著同樣的生活，說不定漢娜會遭受更大的折磨。不過即便如此，傑伊沒有陷入無能為力的感受，反而感覺到自己體內生出強烈的力量。他從孤兒院禁閉室所開啟的精神變化，越來越鮮明且具體。

傑伊從玄關出來時，撿起他們的所有鞋子，扔進隔壁家的圍牆，接著開始向大街跑去。他跑到安全的地方緩口氣，感到椎心的疼痛。他看到幻影，看到自己揮動啤酒瓶把棒球帽打倒在地上，以及耐吉流著血倒下去的模樣。同時，痛徹骨髓的疼痛襲來，右肩膀彷彿淋上熱水般灼熱。傑伊醒悟到，他施加給棒球帽和耐吉的痛苦正回到自己身上，因此流下了眼淚。這不公平，你們犯下罪過，我只是對此做出懲罰而已，但是你們的痛苦，為什麼要我來承受？他閉上眼睛，幻影還是不斷出現。他看見被捆綁在椅子上的漢娜，還有被菸頭燙傷的智妍的模樣。與此同時，他的身體好像被人捆綁，動彈不得，只是瑟瑟發抖。他的身上到處都是傷口和傷疤，大腿上有菸燙的灼傷，肩膀上有被刀劃過的紅色傷口，手臂和雙腿因為血液不通而麻痺，褲子被自己的屎尿所濕透。保全人員在傑伊臉上潑水，把他叫醒並趕了出去。

傑伊此後便獨自活動。他在公共廁所、室內的臺階，或者警備鬆懈的大樓地下室機房裡睡覺。他所在的每個地方都有很多蚊子。他就像罹患皮膚病一樣，渾身都是紅斑，臉上則長滿癬。有一個在路邊擺攤的阿姨經常給他餃子和炒年糕。阿姨心情好的時候，還會給水煮蛋，可是大部分的日子還是得翻垃圾筒。便利商店的過期海苔飯團是最好的，然而不容易弄到。工讀生吃剩的，才輪得到他。速食店裡的垃圾箱，經常有食物連著包裝紙一起被扔掉，運氣好的時候能夠飽餐一頓。儘管傑伊最初幾個月經常腹瀉，不過不知道是不是腸胃已經適應，後來發生的頻率明顯減少。

就這樣過了一年，傑伊在街頭迎來了十七歲。如果遇到長時間沒辦法盥洗的日子，他看起來就像印度的乞丐。他也不再去翻垃圾箱，一天只靠嚼一把生米維生。他儘量少吃，安靜地行動，雖然也會閱讀在垃圾回收處理場撿到的書籍，但是大部分時間都是在安靜的地方沉思度日。

第三章

貧困的青少年與非法居留者差不多，
都是賤民階級。拿著最低的報酬，
忍受悲慘的對待，甚至申訴無門，
而大部分的孩子甚至不知道，自己
不被當人看。

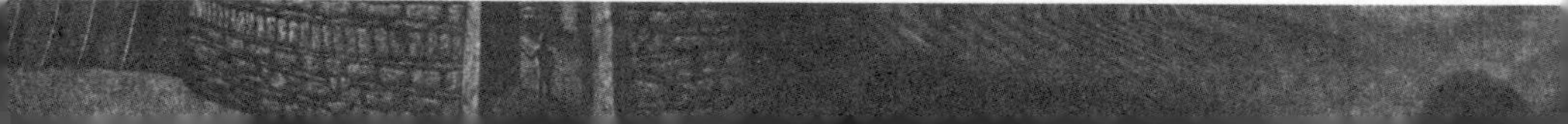

17

那個地方是四層建築物的地下室咖啡店。除了四根柱子，大廳四周完全是開放式的，天花板很高。牆壁漆成黑色，牆上的嵌燈散發柔和的黃光，讓我聯想到豬媽媽的酒吧。大廳中央是視線焦點，那裡有一股強光自天花板流洩到地板。冰涼又潮濕的乾冰和菸臭味混雜在一起，使得空氣很刺鼻。電子迷幻風格的低沉音樂聲，像帷幕一般將人與人隔離開來。儘管客人擁擠攢動，心情仍然覺得像太空人獨自造訪一顆孤獨的星球。如此一想，強光看起來就像飛碟投下的光柱，而放置在周圍的餐桌，像是地球人聚集迎接外星人。光柱下有一個長寬都接近兩公尺的壓克力製六面立方體，裡面放著一個斜躺的人體模型，穿著緊身牛仔褲和露出乳溝的低胸白色雪紡衫。

一名女服務生過來點餐，我點了可樂。

「健怡可樂嗎？」

「都好。」

就在這個時候，人體模型突然開始扭動起身，面無表情地向周圍匆匆一瞥，接著輕輕打起了哈欠。從天花板落下的米黃色聚光燈，先聚焦在她的赤腳上，然後緩緩朝她臉上移動。確實是真人。不知道是不是照明和布景製造的效果，看起來恍如生化人或不明生物，我張著嘴巴凝視。我們這些平凡人，是從母親的子宮以一團黏糊糊的血肉之軀出生，而立方體中的女人，卻與凡人不潔的潮濕、令人厭惡的混亂相去甚遠，看起來近乎完美。

她的工作很單純，只要將立方體外的世界，視作宇宙空間般的真空，自然的生活就可以了。她可以戴上耳機看漫畫，或者用筆記型電腦上網，和朋友在線上聊天，覺得睏了就蓋上印有凱蒂貓的粉紅色被子小睡一會兒，餓了可以喝果汁飲料配切片的乳酪蛋糕。這一切看起來很像實驗劇，或者是聽說在美國很流行的真人秀節目。從另一方面看來，又很像古文明中曾經風行的人身供養祭祀。那是一個剔除一切骯髒與混亂的空間，是一個可以吃東西，但卻不能想像、應該說是不允許想像排泄的空間。

女服務生端來健怡可樂，我問她：

「有個叫廉木蘭的女生，是在這裡工作嗎？」

「是吧，如果那也算工作的話。可是她的工作現在還沒結束。」

女服務生撇撇嘴，指著立方體。我把視線看向立方體，噴泉般咻咻噴出的乾冰雖然遮擋了視線，不過立方體很明顯的就在那裡。

小時候，我們全家人曾經一起到海邊去玩，大概是東海的什麼地方。到了晚上，爸爸帶我們去生魚片專賣店。手藝精湛的廚師將切好部分魚肉的比目魚放在盤子上端出來。魚還活著，絕望地拍打著身體，魚嘴和目光渙散的魚眼至今仍歷歷在目。爸爸說男子漢必須敢吃生魚片，然後就夾起魚片，塞進我的嘴裡。當時的感受現在又生動地重現。立方體裡的木蘭的確不是在經受什麼殘酷的事情，但也不見得非看不可，或者說不看比較好。熱衷於將這類東西赤裸裸地呈現，並盼望我們喜歡和接受，從這點來看，那名廚師和這家咖啡店主人頗有相似之處。

我是在前天下午接到木蘭電話的。我手機上的連絡人名稱輸入的是「傑伊」，我以為一定是傑伊打來的。

「喂，傑伊嗎？」

不過傳來的是女生的聲音。

「我不是傑伊。」

「那麼，您是哪位？」

「你是他朋友，對吧？」

「那又怎樣？」

「看來你跟他也聯絡不上，一開口就問是不是傑伊。」

木蘭惦記傑伊的行蹤。我果然也跟她一樣。

「奇怪，總叫人惦記。要走我的號碼，卻不打電話的，他可是頭一個。」

我想不到該說什麼，一言不發等著她說話。

「你是哪個學校的？」

我說出學校名，木蘭說她打工的地方就在學校附近，有時間就過來玩。

「學生也能進去嗎？」

到了這時候，我也開始不用敬語。

「當然，只是咖啡店，你把我當成是什麼小太妹了呀。」

說過這些話的木蘭，正在那個立方體裡面打哈欠。我用吸管喝可樂，發出咕嚕咕嚕聲。聽到吸管發出的聲音，我突然想起那個沒能逃出水槽的女人模樣。束手無策的魔術師和他的女人，女人的嘴裡猛烈冒出水泡，身體無力地飄浮。一想起那個場面，心裡開始感到噁心，想出聲大叫，想跑過去砸碎立方體。雖然知道是很傻的想法，可是卻無法控制自己。我從座位上猛然站起來。就在那一剎那，濕潤又大量的乾冰再次瀰漫開來，直射中央的聚光燈漸漸變暗，隨即暗淡無光，而曾經在燈光下呼吸的那個生物，也消失在黑暗中。短暫造訪地球的外星生命體，完成任務離開了。

我走到咖啡店外面，可是找不到木蘭的身影。我把背倚在牆上點菸，抽了兩根，心裡才慢慢安定下來。這時，從身後傳來摩托車發動的聲音，回頭一看，一個女生沒有戴安全帽，只戴著護目鏡跨坐在一輛川崎摩托車上。我不確定是否就是木蘭，遲疑著走了過去。

「我叫東奎，和傑伊是……」

她把護目鏡推到額頭上，瞇起眼睛。

「剛才在店裡有看到你，你好。」

「摩托車很……帥。」

陽光下看到的木蘭，和立方體裡面的她，感覺不太一樣。沒有照明所賦予的立體感，剛才那種神祕色彩便減弱了，不過她仍然很漂亮。

「還要去……別的地方嗎？」

「嗯，還有一個工要打。」

木蘭的身體向前趴在摩托車上。她的側影令我無法移開目光。

「要像剛才那樣進去什麼地方嗎？」

「不是，有一間店開幕，要帶幾個女生去跳舞。爬到桌子上扭一扭身體就行了。」

「這樣啊。」

她的背包縫裡露出格紋校服裙子的一角。看來是要換穿制服跳舞。

「不過，真的完全連絡不上傑伊嗎？」木蘭問。

「我也想知道。上次用妳的手機通話，那是最後一次。好像有一年了。」

「你們是好朋友吧？反正他說了些奇怪的話，想說在這個地區的話，起碼會撞見一次，但完全沒遇過。你要是見到他，能不能告訴他，我記著他？」

「說不定抓到魔鬼了。」

木蘭正要啟動川崎，轉過頭來。

「這是什麼意思？」

我告訴她在拆遷重建的半地下室，傑伊讓兩面鏡子相對所施行的黑巫術。木蘭噗哧一笑，好像很感興趣。我匆忙補上一句：

「要是抓到魔鬼並使喚它，就能隱形了。」

「你是在逗我笑嗎？這麼一看，你們倆都有點不正常啊。那我走啦。」

「妳要是在我之前見到傑伊，叫他和我聯絡。」

「知道啦。」

木蘭的摩托車發出刺耳的轟隆聲，揚長而去。她在立方體中像是一個點，現在和摩托車一起，漸成一條線遠去。從那天起，我開始夢到木蘭。夢中她待在立方體裡面，正在自慰，傑伊留著長髮躺在木蘭旁邊，看著在立方體外面的我。傑伊招手叫我進去，可是我找不到入口，在立方體周圍打轉。傑伊越是催促，越讓我焦急地踏步。木蘭把手從陰部移開，用責備的目光瞪著我，然後用力把手中的杯子扔出去，同時大叫：這不是果汁，是精液！

18

第二天午餐時間，出去吃午餐回來的同班同學喊說：

「喂，屁東奎。」

那是我在學校的外號。我在班上的地位，只在胖得連走路都顯得費勁的同學之上。事實上的倒數第一，功課不好，打架不行，笨蛋指數最高的廢物，那就是我。

「有一個奇怪的流浪漢在找你，像是你爸爸。」

「在哪裡？」

「校門口前的文具店。你回來的時候買點麵包。」

我出去一看，一個乾瘦的男人站在那裡。

傑伊離開首爾時是十五歲，已經過了兩年，雖然是足以改變少年容貌的時間，但刮目相看都不足以形容。他長高了，看起來將近一百八十公分，身上沒有任何贅肉。臉上鬍子沒有剃過，雜亂又濃密，被陽光曬得泛紅的顴骨很顯眼。一如插在砧板上的菜刀，結實又銳利。

「真的是傑伊嗎？」

那副容貌誰都不會以為是十七歲少年，而是一個成年人。然而，眼睛和臉頰仍是我認識的傑伊，還殘留著兒時的痕跡。

「我有變那麼多嗎？」

「在路上碰到都認不出來了。」

傑伊向我問好，但是我沒有問他好不好，他的全身已經說明一切。我們坐在文具店旁邊便利商店的椅子上。

「想吃點什麼嗎？」

傑伊搖頭，從口袋裡拿出一把米。

「這是什麼？」

「米，不知道嗎？」

傑伊把米倒進嘴裡，喀哧喀哧邊嚼邊說：

「我有這個就夠了。」

我進去便利商店買來三角飯團。

「還是吃一點吧，好嗎？」

傑伊看一眼飯團，不過還是搖搖頭。

「昨天夢見你了。」傑伊說。

「真是怪事。我昨天才見到一個叫木蘭的女生，說起過你。」

「木蘭？她是誰？」

「她說你們一年前在大學路遇到的。還用她手機打電話給我。」

傑伊此時好像才想起來。

「啊……」

我告訴傑伊我和木蘭見面的經過。他問說：

「手機能讓我看一下嗎？」

傑伊打開手機查看通話紀錄。

「是三呀。」

「什麼意思？」

「那個女生的號碼。有那麼回事吧。」

傑伊把電話還給我。我問說：

「為什麼一直不連絡？都這樣了……」

「原本就沒打算和你連絡。」

傑伊喀哧喀哧嚼著生米說。

「為什麼？」

「是你把我交出去的。」

「那是……」

「不需要解釋，因為我更滿意現在的我。」

「你在哪兒睡？」

「只要不怕冷，可以睡的地方很多。」

「真的不想吃？」

我又把三角飯團推到傑伊面前，他還是搖搖頭。我把飯團一口口塞進嘴裡。

「你怎麼樣？」

傑伊問我。我說了生活上的變化。

「爸爸再婚了，繼母有兩個孩子，他們很怕我，見到我就嚇一跳，似乎每天早上都記憶歸零，每天臉上都寫著『你是誰啊』。」

「我昨天夢到，你站在透明房間的外面，我在房間裡面。不管我怎麼叫你進來，你都沒有進來。不，應該說是進不去，像是在看我主演的電影。」

「夢裡沒有一個女生嗎？」

「沒有，只有你。」

「那麼後來呢？」

「你的身體爆炸了。砰的一聲像炸彈，所以我感到很痛。」

「很痛？」

「我最近總是感到痛，覺得有人像擰抹布似的扭轉我的心臟。」

「不會是心臟病吧？」

「有固定的模式。不管是東西、機器、動物還是人，只要在經歷不合理的痛苦，我就能感覺得到。」

傑伊深陷的眼窩中，一雙眼睛閃爍發光。在他身上，我又再次感受到某種靈異之氣。

「只能感覺到痛苦嗎？」

「也感覺得到開心，如果他們感到幸福的話。不過，開心的時刻不多，大部分是痛苦。」

傑伊說起自己這兩年來的經歷，我光是聽著就感到難受，尤其是他和曉家的孩子一起度過的日子。

「昨晚是在漢江橋下避雨過夜，但是心臟又開始發痛，然後就想到你。所以我想你正在遭受痛苦。」

我罹患失語症時，傑伊是我欲望的傳譯者，如今他試圖閱讀我的痛苦，但我不想成為輕易讀完就被扔掉的大眾小說。

「我還好，跟繼母雖然處太好，不過再忍三年，就能上大學了。」

吐出大學這個字眼時，出於罪惡感，我稍微低下頭。

「為什麼要上大學？你想念嗎？」傑伊問。

「因為必須念。」

「誰規定的？」

「世界規定的。」

出於反感，我的語尾聲調上揚。

「真的是這樣嗎？」

「不是因為你去不了，大學就是無意義的。大家都去上大學，肯定有值得去的理由。」

「我只是單純提問而已。過去一年，我一而再再而三問自己，不知從什麼時候開始變成了習慣：我痛苦的原因是什麼？別人的痛苦為什麼成為我的痛苦？神賜予我這個命運到底有什麼意義？我本來應該死在高速客運轉運站，卻到現在還活著，這究竟是什麼旨意？就是問這些問題。我一大清早起床，一直到深夜為止，都在四處走動，找安靜的地方讀書和沉思。即使如此，時間總是不夠。」

「那麼，找到答案了嗎？」

「你也知道我後背有一個奇怪的東西吧？」

「知道，你不硬說是退化的器官痕跡嗎？像尾巴骨一樣，是退化的翅膀。」

「我當作玩笑講過，不過還是半信半疑的。我後背上有翅膀的痕跡，總有一天會再長出來。」

「那現在翅膀長出來了嗎？」

我伸手摸傑伊的背後，沒有什麼變化，還是和小時候一樣。

「那倒沒有。」

「故事書裡那個長翅膀的將軍，我以為會變成那樣，看來起似乎不是。」

「那麼會是什麼？」

「我們生活的地球，有很多機器具有特殊目的，也就是感測，它們的目的是探知感覺。地球各地都有感測器測定濕度和風速，有的感測器掛在杉木的樹枝上，西伯利亞老虎經過的話，就會感應並拍照。感測器真的太多了，能用來讀光碟，還能用紫外線來測量被攝物體和鏡頭之間的距離，可是，並沒有感知痛苦的感測器。」

「那就是你？」

「沒錯，我好像就是為此而誕生的。早上出門上班的人從我身邊經過，他們的痛苦壓迫我的靈魂。他們所承載的生之負擔，使我的胸口爆裂。」

「你不想擺脫嗎？你應該也嚮往平穩的生活吧？」

「那是不可能的，這是我的命運。」

「醒醒吧，你不是機器啊！不可能只有感知別人痛苦的能力，而沒有克服的方法。」

「神本來就是那樣的存在，神是不公平的虐待狂。賦予無窮性慾，卻很難妥善解決；賦予死亡，但不給避開的方法。在不知道為什麼要出生的情況下，只能一直活下去。」

「沒有我能幫忙的地方嗎？」

「沒有。」

傑伊笑著搖頭。

「以後有需要幫忙的話就說吧。」

傑伊默默從夾克口袋裡抓一把米，遞了過來。也許是因為手心太髒，米粒顯得更白。我不由自主地伸手接過，拿起幾顆米粒放進嘴裡咀嚼。午餐時間結束的鐘聲響起，傑伊仰視校園中央的鐘塔，猶如船員凝望漸行漸遠的港口。我向著校園跑去之際，傑伊所說的話勒住我的咽喉。

「不要跑。你就是這個宇宙的中心。」

聽到這句話的瞬間，我感覺到一股難以壓抑的強烈抗拒，但當時卻不知道原因。然而，某種不舒服的東西，卻長久停留在我內心的一隅。

19

傑伊在地鐵站的大型電視螢幕上，見到一年前在大學路圍攻他的街舞少年。他們以什麼克魯拉的團名，在德國某個地方舉行的世界街舞競賽大會中得到第一名，剛剛才回國。他們參加了電視綜藝節目，臉上的興奮還沒有緩和下來。曾經奚落傑伊是「只剩一張嘴的傢伙」的大個子少年，只在右手上戴黑色手套。節目主持人一再強調這次的大會相當於街舞界的世界盃，他們也三句不離「大韓民國」和「國民的支持」，並且特別強調在最後的決賽中對手是美國隊。節目在回顧他們如何漂亮地戰勝美國隊伍時——那可是嘻哈和街舞的發源地，背景音樂不是嘻哈，而是煽情的大編制交響樂旋律，以及鋪滿螢幕的太極旗。此時傑伊才明白，一年前他們為什麼要把他趕出大學路。正如他們說的，傑伊確實和他們大不相同。他沒有類似衣錦還鄉的夢，沒有可以回去的地方，沒有等待自己的人，因此也不需要錦衣華服。他沒有不惜剁下手指也要戰勝歧視和蔑視、不成功便成仁的夢想。傑伊當時只有模糊的使命感之類的東西，在心中蠢蠢欲動的能量還沒有找到噴發的方法和時機。

傑伊來到久違的大學路。曾經遇到的街舞少年，已經看不到身影，但有其他街舞少年在舞臺上練習，當然也見不到木蘭。傑伊去木蘭工作的咖啡店。他一步一步走下臺階，在人們上來制止他之前，已經走近立方體。木蘭斜躺在立方體裡，一開始沒有認出傑伊。傑伊在透明的壓克力板上哈一口氣，用手指寫上J字。木蘭知道那個字的含義，兩個人的目光相接。傑伊伸出雙手用力一推，立方體無力地倒下。大夥驚訝於立方體竟然如此脆弱，因為它看上去就像科幻電影中經常出現的、被強力磁場包圍的堅不可摧行星。吃驚的員工將傑伊拖走，傑伊沒有反抗。咖啡店店長打了傑伊下巴數拳。木蘭像個失魂的人，從傾倒的立方體站起來，跟在傑伊後面。店長和員工兩個人抓住傑伊的腰，把他拖到一樓，等候警察前來。木蘭靠近他們說：

「我會說你們仲介性交易。」

咖啡店店長聽了木蘭的話，頓時啞口無言。旁邊的員工出面說：

「妳知道誣告會有什麼結果吧？」

「誣告是什麼東西？能吃嗎？」

咖啡店店長來回看著傑伊和木蘭，似乎覺得不可理喻，反問道：

「這個乞丐是妳男朋友？」

木蘭看了一眼手機。

「警察馬上就要到了，一一二巡邏車一般是報案五分鐘之內會趕到。店長可能會上晚間新聞報導。大家只會相信自己願意相信的東西。」

「妳這個臭三八，到底想幹什麼？」

「請放了他。」

木蘭指了指傑伊。

「以後來要薪水的話，非弄死妳不可。」

咖啡店店長將手從傑伊的腰間鬆開。木蘭把摩托車推過來，傑伊坐上後座。店長吐了口口水到傑伊背上，但他沒有理會，反正是說多髒就有多髒的衣服。他們兩人去了漢江邊。木蘭一坐到凳子上就問：

「你怎麼知道我在那裡的？」

「我見過東奎了。」

木蘭滿臉好奇仰望著傑伊。他沒有清洗的臉雖然髒兮兮的，眼睛卻炯炯有神。那雙眼睛給木蘭留下深刻的印象。

「不過，你可真厲害，跑到別人的店裡砸場子……」

「物體本來就不屬於任何人。即使有了物主，也不能說是那個人的。還有，立方體在囚禁你，立方體也不情願。」

「不是的，我在賺錢，是我自願進去的。」

「我走下臺階時聽到立方體的聲音。它感到羞恥。」

「你聽得到奇怪的聲音嗎？是那樣嗎？」

「我知道你想說什麼。是的，我說這種話也許會被送進精神病院，不過我不是精神分裂症。我並不害怕我聽到的聲音。我和他們對話。」

「那就是瘋了。」

「不要求妳能理解，可是我的確聽到了。」

「那麼，你不是來救我，是來救立方體的嗎？」

「我一走近立方體，就看到妳。那時，心裡又開始痛起來。」

「因為我可憐嗎？我不是被關起來什麼的。」

「妳不應該待在那裡，很不自然。這裡就很適合妳，有河，還有風在吹。風，不是吹起妳的頭髮嗎？陽光好像在玩弄妳的髮尾，很美。我現在看到的，也許是我臨死之前會浮現的幾個場景之一。話說回來，地下咖啡店的立方體不適合妳，所以立方體在哭泣，那個聲音甚至傳到我這裡。」

「那我為什麼沒有聽到呢？」

「因為妳的感覺故障了。」

「什麼感覺？我很正常啊？」

「據說美洲印第安人在伐樹之前，會先向樹木請求原諒，他們知道樹木消失意味著什麼。透過請求樹木的原諒，他們就可以接受樹木的不存在。砍掉自己看了一輩子的樹木，等於是挖出自己內心的一部分。他們之間沒有金錢交易，物體和他們直接建立聯結。工作然後得到報酬的想法，阻礙妳潛意識的認知，因此使妳無法感受立方體。」

「聽不懂是什麼意思。」

「打開妳內心的眼睛，認真看妳的周圍。不要相信人們的空口白話，這樣妳才能拯救自己。因為妳很珍貴。」

傑伊的最後一句話，正好是著名化妝品的廣告詞，木蘭不禁噗哧笑了出來。不過，當她從傑伊的表情中意識到他根本不知道那個廣告時，感到有一點慌張。

「你不知道那個廣告呀？因為您很珍貴。」

「不知道。」

木蘭伸出手握住傑伊的手。那隻手很溫暖。

「我的摩托車怎麼樣？和我相配嗎？」木蘭問道。

「妳覺得怎麼樣？」

「很好。舒服，很適合。」

「妳的摩托車喜歡妳。」

傑伊臉上毫無笑意地對木蘭說道。

20

傑伊就這樣四處去見人。正如對待我和木蘭那樣，突然找上門，讓別人嚇一跳。他最先去的地方是帽T家。帽T說，他在披薩店送外賣。

「三十分鐘內沒送到，我就得賠錢。」

他的身上散發汗臭味。

「還有這種混帳事呀。」

「也有故意不開門的傢伙，為了超過三十分鐘。」

「王八蛋。」

「我姊姊回家了，不過，給你一個住的地方倒沒問題。」

棒球帽是偶然在路上遇到的。稚氣未脫的棒球帽沒有認出傑伊。傑伊一年內長高三十公分，看起來像個大人。他和同齡人截然不同的穿著，也很怪異和陌生。

「我用啤酒瓶砸過你。」

棒球帽聽了這話才認出是「奴隸」傑伊。兩個人輪流抽一根菸。棒球帽同樣以送外賣維生。現在每條街上都至少有一間連鎖炸雞分店。

「炸雞。我們店裡的炸雞好吃。真的好吃。」

棒球帽像是念咒語一樣念念有詞。傑伊後來也去了那間囚禁並毒打漢娜的屋子，現在的住戶是一個平凡的家庭。他去問附近的小攤販，聽說男孩被送進少年感化院，金喜則不知去向。傑伊找到漢娜和她爸爸的新家。一年之間，她的身體腫得像吹氣球。她流著淚說還愛著老大。傑伊感到心痛，從那間屋子跑出去。

傑伊遇到他們時都會傳遞簡單明瞭的訊息：你們在錯誤的地方，以錯誤的方式生活，而且那不是你們的錯，不過我因為你們而痛苦。少年感覺到傑伊能對他們的痛苦感同身受，也對他怪誕的生活態度抱著敬畏之心。

傑伊這個時期的行蹤，就像武俠電影中主人公，結束深山老林的修煉後出山。他想見誰就去見誰。他身上烙印的自信和奇特風貌，給同齡的年輕人留下深刻的印象。雖然並不常見，不過偶爾會有數十名孩子圍著傑伊，聽他說話。大部分是蹺家或輟學的，偶爾也有正經上學的年輕人。

「像不像午夜聚在公園裡的流浪貓？」

我和木蘭在那種場合相遇時，她問我：

「貓兒不是會聚在一起，好像在集會一樣，打打瞌睡，然後舔著毛偷偷溜回家嗎？」

傑伊在市內整個區域四處走動，需要的東西順手就拿。舊衣回收箱的鎖頭可以輕鬆撬開，找到他需要的服裝和鞋子。確實需要的話，甚至不惜偷竊。傑伊對於物件歸屬的觀念與眾不同，他認為因為自己可以和物件交流，所以只要尊重物件的意願，暫時拿去用並不會構成問題。儘管如此，他遵循一套自己獨有的複雜禁忌。例如，他忌諱紅色，認為紅色象徵痛苦和不幸，總是遠離紅襯衫、牛肉、充血的眼珠和紅十字捐血車。他看書的時候一定先撕掉第一章和最後一章，從第二章開始看。他說作家會在開始和結尾隱藏迷惑人心的內容。所以，傑伊看過的書，其他人就無法完整閱讀。傑伊是他看過的書最後的讀者。

他也賦予數字很多意義。早晨看到的第一輛車，將車牌號數字全部相加，如果得出的尾數是四，當天就什麼事都不做。三的倍數，是傑伊的神聖數字，重視三、六、九、十五等數字；但排除十二或二十四等四的公倍數。

深受傑伊的怪癖吸引的孩子，接二連三開始出現。第一次笑，第二次搭話，第三次傾聽，第四次就默默地跟隨他。

21

關於我離家出走，多數人都誤會是受傑伊影響，儘管我解釋過很多次和傑伊沒有任何關係，最後人們還是只記得「跟著傑伊蹺家的孩子」。

繼母露骨的迫害與歧視，是過於俗套的故事。假如我的人生是一本書，說不定到此就可以闔上。不過，人生在陳腐中也不得不繼續下去。繼母帶來的兩個女孩，一見到我就像見到吸血鬼，老是驚恐地躲到媽媽的裙子後面。我們相互間的憎恨和不信任所產生的負能量，不斷地累積。

然後發生了一件意想不到的事情。有一天晚上，爸爸執行潛伏任務不在家，家中來了不速之客。蒙面的強盜順著鄰居的屋頂爬進我家。他們威脅繼母，劫取了首飾、少量現金和幾瓶洋酒，然後從容逃走。假如我當時在家裡，這件事充其量只會被當作無可奈何的損失，不過那天晚上，我跟傑伊和木蘭在一起。那時，我處於一天見不到木蘭就會瘋掉的地步，而想見到木蘭就得待在傑伊身邊。我清晨時回到家中時，家裡的電燈亮得耀眼，看起來像是舉行葬禮的住家。

「為什麼不接電話？」

我在玄關脫鞋時，爸爸打了我一個耳光。

「現在幾點了？你到底在幹嘛？」

繼母和兩個女孩坐在客廳的沙發上看著我。爸爸把我推進房間，開始盤問。從爸爸的臉色看起來，繼母似乎確信就算我沒有直接參與，起碼也間接參與這件事。繼母告訴爸爸，強盜是剛過變聲期的少年。繼母還說：「最近不知道是不是和壞朋友鬼混，每天晚上都很晚回來，也不說自己去哪裡，總之很奇怪。」如果想打消爸爸的疑心，我必須提出不在犯罪現場的證據，但是我不想那麼做。爸爸原本就把所有人都當成潛在的犯罪份子，假如我老實說出傑伊是怎麼生活的，爸爸必然更堅信自己的懷疑。對爸爸這樣的刑警而言，一個居無定所、四處流浪的十七歲孤兒，是最適合的盜竊嫌疑人。

「您懷疑我嗎？」

爸爸雖然用犀利的目光瞪著我，但沒有更進一步舉動。

「有誰說懷疑你嗎？」

「那為什麼像審犯人一樣對我？」

「當爸爸的問凌晨四點才回來的兒子去哪裡，很奇怪嗎？」

「那您為什麼偏偏在家裡被搶了才問？」

「好，說得好。偏偏在家裡被搶的晚上，不知道去了什麼地方，現在才回來。你不是家裡的長子嗎？家裡只有三個女人，需要你保護。」

「是和我沒有任何關係的女人。再說，那不是您該做的事情嗎？」

「你這小子，非這樣不可嗎？」

「現在可以回去睡了嗎？」

「只要你說一聲到底和誰在一起？」

「跟一個女生在一起。」

「跟女生？」

「對。」

爸爸一副難以置信的表情。分不清他是難以相信我和女生一起過夜，還是我這樣的兒子膽子大到敢告訴他這種事。

「你覺得自己長大了，要任性胡來，叫我不要管，是嗎？」

「我沒那麼說。」

「跟男生待到凌晨的女生，想也知道是什麼樣的人。」

連自己的老婆和親弟弟勾搭都不知道的人，現在憑什麼嚷嚷？——我勉強把這句話咽下去。幸虧有這個短暫的沉默，爸爸好像理解為順從。

「好了，回去睡吧。不過你不要忘了，從今以後我會盯著你。根據我的經驗，人和動物差不了太多。再像今天這麼晚回家的話，到時候就不讓你進家門。」

繼母深信自己險些遭受更凶險的事。她的不安情緒，以及爸爸身為警察仍然未能阻擋這類事件的恥辱感兩相作用，有一段時間，家裡的氣氛非常緊張。爸爸沒有聽從繼母的建議，安裝警報器，故而背上原罪。我則第一次意識到，自己有可能被視為潛在犯罪份子，這一事實令我大受衝擊。因為我沒有想到繼母對我的不信任，達到這種程度。

我第二天還是和傑伊在一起，而且沒有回家。

「讓我待幾天吧。」

傑伊輪流將幾個住處當作宿舍。木蘭借住在朋友家，傑伊偶爾也去那裡睡覺。此外還有五、六個地方，包括加油站的休息室；中式餐館裡的小隔間；由教會管理的休息室，都是傑伊常去的地方。獨居女性提供傑伊住處的情形，也逐漸增加。

「這麼想很好。」

傑伊稱讚打算不回家的我。

「還覺得有點晚了呢。」

剛開始雖然覺得傑伊支持我，不過我漸漸產生懷疑。木蘭坐在傑伊的腳邊，崇拜似的仰視他，對於他給我的極端人生建議，讚歎不已。木蘭在電影製作人父親的養育下，在頗為富裕的環境中生長。傑伊的存在本身就是酷，是敬佩的對象。對她來說，傑伊雖然在她無法想像的環境中成長，卻已經像成人一樣，構建了自己獨有的精神世界。木蘭雖然認識街舞少年，以及很多在街上遇到的男人，卻不曾見過像傑伊這樣的人。

「悉達多也在十幾歲時離開家。」

「悉達多是誰啊？」木蘭問道。

「佛祖。」

「佛祖原本是人嗎？」

「和我們一樣，也曾有過十幾歲的時候，還結過婚。」

木蘭仰望傑伊，目光中充滿敬畏。我當然知道，傑伊兩次遭人遺棄，經歷過幾年艱難的時光。他讀書的量和思想的深度遠遠超過我，這是事實。不過，他對我的人生隨口說出建議，或者說是解決方案，感覺上是將我所經歷的存在危機變成一堆笑話。我那些事情對傑伊來說「不算什麼」。父母離異，獨居的爸爸和帶著兩個女兒的女人再婚，而這個剛過門的繼母極度不相信我。諸如此類無非是打開電視就能看到的故事情節。要擺脫這些對於傑伊來講易如反掌。比如傑伊曾做過這樣的比喻：

「假如大象從小時候開始就綁在繩子上養，等牠成年後，即使力氣變大了，只要綁上繩子就動都不敢動一下，因為不知道自己身上有那麼大的力氣。」

按照傑伊的說法，我就是那個明明有力氣掙斷繩子，卻被綁在家庭這個框架的大象。

木蘭對這種平實的比喻表示讚歎，仰慕地看著傑伊。傑伊看的書主要是從公寓垃圾回收箱找到的，因此既無系統，也無順序。從勵志書上擷取的箴言，混雜宗教性的訓誡，利用通俗大眾小說中著意渲染悲壯的文體，夾帶浪漫的戲劇性結構。傑伊說到其他人的人生或社會時，他所用的語言我並不覺得反感，不過，當他開始用來說我的人生時，我才頓時發現他的話有多空洞。我面臨的所有迫切問題，在傑伊的眼中都淪為許多家庭中會發生的，沒什麼大不了的事情。也許傑伊是對的，要不然就是我的口才不夠好，妨礙了傑伊的想像力。我所經歷的事情，實際用語言表達出來，經常變成普普通通的故事。即使這樣，我依然認為傑伊會不一樣。不過，曾經是我欲望傳譯者的傑伊，已經不再想閱讀我的內心，但卻自信比任何人都了解我。這似乎讓他變得更傲慢。

木蘭雖然對我表現出同情的模樣，但基本上是毫不關心。對木蘭而言，我只是一個無法與傑伊相提並論，過於平凡的模範生。然而問到成績如何時，卻又不是那麼一回事，只是沒有什麼存在感的童年朋友。每當傑伊向我提出因為極端而相形之下顯得簡單明瞭的「建言」時，我都品嘗到平民向威權者請願的屈辱感。多年以後，我在有線電視上看到電影《教父》中，馬龍．白蘭度對求情人說：「為什麼不早點來找我？」那一刻我想起了傑伊，那是虛張聲勢背後所隱藏的某種責難態度，與其說那種態度是針對我，不如說是針對整個世界。

木蘭眼中的我，看起來是以無關緊要的問題糾纏傑伊，卻對他的良策畏首畏尾的廢物。

對於我不輕易接受傑伊的建議，木蘭必然以為是我猶豫的性格所導致。事實上，我是對傑伊感到失望。我始終對傑伊抱持希望，相信他會一如孩提時代，最後終能明白我的心情，給予真摯的同情和溫暖的理解，所以才想說出我的處境，以及內心所經歷的煎熬。不過越是如此，我就越是吞吞吐吐，說來說去，言不及義。我所說的話總是徘徊於詞不達意的訴苦和牢騷之間。傑伊有點不耐煩地站起身說：

「好了，走吧。」

傑伊帶我去一間很小的炸雞店。有兩個外送的少年在那裡吃住。

「這裡的人會幫忙。」

傑伊一敲門，兩個少年跑出來應門。傑伊說了我的情況，把我推進屋裡後，和木蘭騎著川崎離開了。

一進到屋裡，就聞到刺鼻的味道。味道很熟悉，是豬媽媽酒吧裡男服務生宿舍所散發的惡臭。房間地上鋪著尼龍被，上面有菸頭燙出的小破洞，家具只有一臺小筆電、電視和小冰箱。

「怎麼認識傑伊的？」

個子小的少年用手指著自己的後腦杓。

「是那小子用啤酒瓶砸的，雖然頭髮長了看不清楚，不過仔細看還能看到縫針的痕跡。你會做什麼？」

見我吞吞吐吐，他又問：

「會騎摩托車嗎？有機車駕照嗎？」

「沒有。」

「多少有點錢吧？」

「也沒多少。」

「你也吃生米過活嗎？」

「不是。」

「那你到底仗著什麼蹺家啊？」

我沒有回話。

「既然是傑伊拜託的，先就在這裡住下吧。我們會跟老闆說說，目前的狀況還無法多請一個人，你就跑跑腿吧，要是有扔掉的炸雞就吃一些。」

那個清晨，在陌生的外送少年身邊想要入睡時，折磨我的是我和傑伊再也無法融為一體的預感。我們正在成為完完全全的陌生人。

幾天後，爸爸追蹤我的手機信號找到我，把我拖回家。然而，不到一個月我又離家出走，然後再次被抓回去，又再次蹺家。

「法官非常討厭重犯和累犯，累次犯盜竊罪的量刑有時會高過殺人罪。這世上的法律執著且殘酷。我雖然是執行這種法律的人，卻不想在家裡這麼做，而且也不可能這麼做。

在這樣的時代，家長能做的唯有放棄，不要讓爸爸放棄你。」

「還是放棄我吧。」

我在這段期間取得機車駕照，可以騎摩托車了。接著我開始做披薩外送，多少賺點錢。晚上結束外送後，我會去找傑伊和木蘭，雖然不像從前那麼頻繁。我開始用預付卡手機，心想這樣能夠擺脫爸爸追蹤，不過說不定爸爸根本不再找我了。總之，經歷三番五次反覆蹺家和回家之後，我才徹底擺脫爸爸。

22

每到春天，飆車族會聚集在元曉大橋下面，或者汝矣島的漢江公園岸邊。木蘭載傑伊去元曉大橋下。

「那裡有什麼？」

傑伊問道。

「飆車族。」

「為什麼聚在那裡？」

「那裡有輔導飆車族的志工。」

「飆車族為了接受輔導去哪裡嗎？」

「當然不是。」

「那為什麼去？」

「因為會發泡麵。一開始是為了泡麵才去的，久了就變成集會場所，大家都喜歡人多的地方嘛。」

青少年大多臨近午夜才開始現身。摩托車在元曉大橋下的公園聚集，除了沒有高價的哈雷機車、ＢＭＷ重機之外，有各式各樣的改裝摩托車，還有貼著連鎖店商標和加裝送貨箱的送貨摩托車。

我也是從那時候開始加入的。我騎著外送的摩托車去。傑伊穿著鬆鬆垮垮的黑色毛呢外套。

「在拍《駭客任務》嗎？」

傑伊沒有回話，莞爾一笑。木蘭穿著緊身牛仔褲，上衣是很薄的開襟衫。

「不冷嗎？」

「你怎麼像個小老頭似的，整天冷啊冷的？」

木蘭嘟著嘴回答。少年走過來和木蘭打招呼後走開，站在她身邊的傑伊也受到矚目。飆車族像是等待出征的士兵，圍成小圈一起抽菸。等著被載的女生同樣三、四人一組，到處閒晃。她們一見到木蘭就偷偷避開。

「我去轉轉。」

傑伊和那些小團隊保持一定的距離，在附近徘徊，他們看向傑伊的目光充滿警戒。怠速空轉的摩托車，彷彿一群受傷的野獸，蜷伏於地上粗魯地喘氣。搖滾或嘻哈音樂開到最大聲，從輸出功率強大的揚聲器中傳出。傑伊靠太近時，有些人會故意從齒縫間吐口水。傑伊日後曾經這麼描述當時的場面。

「我感覺得到他們在等我，雖然像一群被激怒的狗齜牙咧嘴，可是只要我一走過去，他們就會垂下尾巴接受我。我也同時聽到一個聲音：去跟他們融為一體，帶他們去更高的地方吧。大約就是這樣。」

傑伊可以感覺得到，元曉大橋下聚集的數百輛二行程燃油機車，它們本身的興奮程度不亞於年輕的騎士。彷彿即將出征的騎兵隊馬匹，喘著粗氣，一心期待向前奔的指令。傑伊的靈魂熱切盼望與那些沸騰、衝動的機器進行溝通。傑伊若是騎上摩托車將比任何人都出色，真正做到人與機器合一。他曾附身在燒焦的速克達上，當時的感覺記憶猶新。

過了子夜，元曉大橋下的氣氛開始躁動。一個隊伍發出轟隆聲，向市中心出發了，其他隊伍也開始跟著離開江邊。原本在做首爾市飆車青少年的問卷調查，以此消磨時間的少年，接二連三回到自己的車上啟動機車。志工與離開的孩子道別。

「都小心一點。」

孩子們手裡拿著螢光棒，揮舞道別。三、四個隊伍率先向市區方向駛去，沒有任何人戴安全帽。女生發出怪叫聲，刺激著手握車把的騎士。其他相互傳遞訊息掌握情況的隊伍，此時也開始一一整頓行列。氣氛正開始濃烈，有個車隊駛下元曉大橋，猛一看超過三十多輛，是規模相當大的隊伍。正要離開的剩餘隊伍，像是要迎接剛到的車隊，暫時停了下來。他們停駐的地方沒有路燈，比志工聚集的公園一側要暗得多，只有摩托車的大燈相互映照，逆光下的影子散亂地移動。猶如蜜蜂圍繞著蜂巢，幾十輛摩托車圍著嗡嗡作響、暫停下來的車隊轉圈。

傑伊也向前邁了幾步，觀望在黑暗中轉圈的摩托車。直到這時仍在江邊徘徊的女生，正要坐上空著的摩托車後座。傑伊注視著車隊中央最帥氣的一輛摩托車。

「是太周的車隊。」木蘭說道。

「太周是誰啊？」傑伊問。

「最紅的飆車族車隊老大，也是我的前男友。」

太周車隊像舉行閱兵式一般，在元曉大橋下轉了一圈。太周發現木蘭，在她面停車問說：

「還好嗎？」

「還可以。」

「旁邊這個乞丐是誰？」

太周像要打架似的瞪著傑伊。傑伊沒有避開。

「悉達多。」木蘭回答。

「悉達多是誰？」

「有這麼一個人。」

太周調轉車頭，朝公路匝道方向移動，吸收仍然留在元曉大橋的剩餘車隊，形成龐大的隊伍後，開始駛上江北的江邊公路。摩托車改裝的排氣管聲和眩目的車燈一起消失後，元曉大橋下顯得無比寂靜。一部分志工開始撤出，一部分說要堅守崗位直到清晨。我看著傑伊。他的靈魂再次需要用威士忌箱子疊起的高塔。搖搖欲墜的高塔，可以讓他爬到上面，從高處俯看他離開的地面。高塔註定要坍塌，而我則將再次成為墜落的目擊者。

23

四月的汝矣島櫻花盛開。我們疾馳穿過燈光下紛飛的櫻花花瓣。傑伊、我和木蘭，當時我們三個人經常在一起。

「你身上有那個味道。」

傑伊站在櫻花樹下吃雪糕時說道。

「什麼味道。」

「豬媽媽的酒吧，那個服務生休息室。」

說起來就是貧窮的味道。沒有自己房間的年輕男人，所散發的刺鼻腥味。

「還說別人呢。」

木蘭啟動川崎。

「一起走？」

傑伊和木蘭你追我趕，開始在漢江邊競逐，令人聯想到合作已久的男女花式滑冰選手，在冰面上飛馳的場面。時而柔和，時而強勁的旋轉。我從他倆中間擠進去搗亂，不過他們很快又成為一體，一起行動。

傑伊雖然是我們三人當中最後開始騎車的，速度卻最快。木蘭並不喜歡摩托車，機車對她來說只是社交工具。前男友太周整天趴在摩托車上，想和他在一起，她必須有摩托車。我缺乏細膩的技術，只貪圖速度，用傑伊的話來說是只知「向前衝」的騎士。傑伊正如所料，和摩托車成為一體，飛馳中到達某個瞬間，他甚至會忘掉身邊的我們。木蘭提到這一點，傑伊點了點頭。

「對，確實是，很難用語言說清楚。車與我成為一體，並不是這樣，而是我的靈魂滲入到車裡，在車裡面思考、觀察世界，並且移動。」

傑伊告訴我們他從孤兒院禁閉室開始的神祕體驗。不過我們並沒有以傑伊話中的表面意義去理解，只認為是某種「精神陶醉」的時刻。不久之後，傑伊在行駛中所展現的一種神技，這時我們都還沒察覺；以為傑伊只是擁有與眾不同、大膽又優雅，屬於個人獨特的駕駛技術。然而，單憑這一點，傑伊就足以開始吸引其他飆車族的注意。

「去過海邊嗎？」

傑伊問道。我當然知道傑伊沒有去過海邊。在豬媽媽的字典裡沒有「休假」這個詞。

「那你呢？」

木蘭反問傑伊。

「鄭勤叫我去玩。」

鄭勤是傑伊不久前認識的少年，他在雨天出去送披薩時出車禍，跌斷了腿受到重傷。由於三十分鐘送達之類的保證制度，送披薩外賣幾乎成為以命相搏的速度競賽。直到出事之後，他才告訴大家他來自西海岸的小村落，車禍後無法靠自己生存，只能回到奶奶住的海邊。

「現在就走吧？」

木蘭坐到機車上說。

「這大半夜的？」

我雖然隱隱反對，木蘭還是堅持。

「有什麼呀？明天一大早回來就是，兩小時就能到。」

我們三輛車在公路上奔馳。依賴提神飲料熬夜行駛的大貨車，在車道中央線搖搖晃晃。

我們忽視交通號誌，一路南下，一直到連接海島的跨海大橋橋頭才熄火停車，讓引擎冷卻。路燈在黑色的海面閃閃發光，海風吹起木蘭的長髮。看著木蘭，我覺得很快樂。她彷彿聚集了世上一切的美好。木蘭也知道我在看著他。我們經常目光相對。

「是大海！」

傑伊開始奔向大海，踏著浪花跑進海中，木蘭跟著跑過去。

「啊，我的鞋，我的鞋。」

傑伊跑進海中時拖鞋掉了。水很冰涼，夜晚的大海只不過像墨水一樣漆黑一片，我們卻咯咯笑著相互推推搡搡。一邊說要找拖鞋，一邊蹦蹦跳跳打起水仗，木蘭找到傑伊的拖鞋，像獎盃一樣高高舉起。

「找到了！」

傑伊突然抱住木蘭的肩膀，在她臉頰親了一下。我在漆黑的海邊漫步。傑伊從水裡出來後點了一根菸，而我看著木蘭。從遠處傳來摩托車的聲音。那是鄭勤的弟弟，他只有十四歲，騎著五十ＣＣ的速克達。

「村子裡都這樣。」

我們跟著他行駛在鄉村小路上。在海邊打鬧時沒有感覺到的寒氣，此刻籠罩全身。鄭勤的奶奶向來早起，這時已經醒了。她看著我們的空洞眼神，就像看著在村子裡溜達的狗。奶奶給人的印象，彷彿早已不對世事做道德評判。睡眼惺忪的鄭勤，拄著枴杖走出來。他和傑伊以各種髒話親暱地打過招呼後，歡迎我和木蘭。熱水爐啟動幾分鐘後，開始出熱水。我們從木蘭開始依序盥洗。

天亮後，吃完奶奶準備的早飯，我們又去海邊。順著山坡間開出來的路走，突然間直接面對廣闊的大海，傑伊竟一時失語。木蘭和我，以及傑伊載過來的鄭勤，都在這一刻沉默了。機車引擎關閉、對話消失，那是甚至連身邊站著的人是誰都會遺忘的瞬間。傑伊最先開口。

「什麼都沒有。」

「那當然，大海中除了海還能有什麼？」

每到夏天就會見識國內外各種大海的木蘭說道。鄭勤像是辯解似的說：

「嗯，因為季節還沒到。其實海裡面他媽的還挺多，蛤蜊什麼的不知道有多少……」

傑伊一眼就掌握了大海詭異的力量。大海是巨大的無。傑伊想到，自己的過去不曾存在，而未來也將不存在。當時傑伊體驗到的感受近乎恐懼，沒有開始，也沒有結束的宇宙時間，彷彿藉由大海的形態呈現。

24

飆車每週末上演。只有木蘭、我和傑伊在一起的時期很快結束了。一旦傑伊現身，機車數量就會增加，經常有近百輛摩托車在市內奔馳。飆車結束後仍留在傑伊身邊的少年大約數十名，我在他們之間的地位曖昧不清。那些傑伊新來的追隨者很粗魯，隨意地對待我。每當傑伊刻意關心我時，往往讓我很感激，同時又討厭這樣的自己。追隨者只有在傑伊理會我的時候，方才暫時意識到我，不過很快就會把我忘掉。

傑伊每週末都過著王的生活。穿著拖鞋和五分褲的王。不過，這是那個世界的時尚。為了讓摔車時連膝蓋都受傷，必須穿五分褲；為了讓腦漿塗地，必須不戴安全帽。年輕的雄性挺起胸膛，試圖顯露自己的勇氣，那種勇氣來自於虛張聲勢，是將死亡的危險付之一笑。然而，他們的年紀還不足以區別虛張聲勢與瘋狂，所以瘋狂的傑伊才能活在他們之上。

傑伊的地位越高，我的地位就越低。我就像從小侍奉王的宦官，雖然知道很多關於王的事情，卻不能隨意揭露。即使少年編造並傳播各種關於傑伊的神奇故事，我也只能保持沉默。倒不是沒想過澄清，只是若努力想說明真相，很顯然會被視為耍手段，藉由誇示我和傑伊的關係，以爬到更高的位置。再加上，傑伊似乎在某個程度上很享受圍繞自己的各種傳言。

從蛋殼中甦醒的海龜，最終要爬向大海了嗎？傑伊潛伏的本性開始甦醒，很快領悟到人氣便是權力，權力就是不使用暴力就能解決本應透過暴力解決的事情。傑伊對挑戰者殘酷，對追隨者溫和，他憑眼神就可以做到。挑戰者不是遭到驅逐，就是受到屈辱。透過這樣的過程，傑伊率領的飆車隊伍比其他隊伍更井然有序地行動。對於傑伊的忠心，並非只透過暴力而培養，也來自於傑伊對付警察的方式，與之前的飆車族完全不同。之前的飆車族一見到警車就四散逃走，過後再重新集結。傑伊的策略是阻斷警車的行進道路，或者正面突破警方封鎖線。警察對於敢和自己面對面較量的飆車族，還沒有做好準備，而傑伊的果敢讓追隨他的少年感到興奮和自豪。因為他們相信自己與眾不同，並且直接導致對於傑伊的崇拜。有的時候，傑伊一個人帶著幾輛警車跑，然後把他們甩開，或者埋伏在巷子裡伺機偷襲。少年從傑伊身上了解到，巡邏車沒有膽量衝撞摩托車，只是忙著防止交通事故。裝備齊全的警察，被一群不戴安全帽和護膝、腳穿拖鞋的青少年搞得團團轉。在白天的世界中，警察是王，外送少年一見到警察就渾身哆嗦。警察對於沒戴安全帽、違反交通號誌等小事，笑嘻嘻地開罰單。也有警察會拍打少年的後腦杓，或者扯耳朵。然而，在夜晚的世界中，警察卻很好欺負。青少年白天溫馴地接受罰單，到了晚上就像飢餓嗜血的殭屍，撲向警察。

傑伊有一次這麼說：

「說什麼飆車是為了發洩精神壓力？那不是精神壓力。老闆用盤子砸你腦袋時，覺得是精神壓力嗎？當你發現臭小子為了惡作劇，故意給錯地址，然後躲著偷笑時，覺得是精神壓力嗎？遇到要增加業績的條子，因為我們好欺負而取締，對我們嘻皮笑臉、亂開罰單時，覺得是精神壓力嗎？不是。精神壓力是明天要考試了，還沒準備好；約定的時間到了，可是路上還在塞車時的感受。那麼，我們的感受是什麼？是憤怒。幹，是他媽的火大。是，我們是因為生氣所以才飆車。對什麼生氣？對這個該死的世界。飆車暴走的暴怎麼寫？是暴力的暴。安靜的話就不是飆車了。製造巨大的噪音、撞碎看板、癱瘓交通，只有這麼做世界才會看到我們。飆車就是為了讓人們知道我們的憤怒。用什麼辦法？就是他媽的暴力方法。你說好好說不行嗎？不行，為什麼？因為我們沒辦法發聲，因為話語是屬於大人的。只要用說的，大人肯定會贏，所以他們總是要找我們聊。」

「這麼做世界就會理解我們嗎？把人們吵醒、阻斷交通、把所有東西砸爛，就可以嗎？」

我小心翼翼地試圖反駁。

「我不想得到理解，而是要激怒他們。世界討厭我們，為什麼？因為他媽的羨慕我們。要是我們去送披薩，或是準備檢定考試，閃一邊去的話，他們就會安心。可是我們無視交通號誌和車道，隨心所欲飆車，直到深夜還不回家，車上還載著讓老傢伙流口水的小女生。所以才想弄死我們啊。你以為他們不理解我們嗎？不是，他們非常了解，所以才會討厭我們。」

「不是說要表達憤怒嗎？」

「我在孤兒院學到了一點。那裡有很多小孩，照顧的人手卻很少。只要有院生打人，大人就會過去問為什麼打人。我以為那是對話和關心，後來才發現原來只是問問而已，然後進行懲罰。不過，起碼沒必要獨自忍受。反正世界在懲罰我們。瞧瞧那些跟著我的孩子，他們過的是什麼日子，那不是懲罰的話，什麼才是？一大早起床，幹活到半夜，被辱罵、受歧視、被瞧不起，不管颳風下雨都要冒死去外送。沒有節日、沒有休假，只有工作。」

我正過著傑伊描述的生活，現在一聞到披薩味就想吐。每到晚上，在疲倦中入睡時，就會想到是否要回家和回學校。只是就算回家，寄身於虛有其表的藩籬下，最多也只有兩年。以我的成績來說，考上好大學的可能性一開始就不存在，所以回學校也沒有任何意義。不過，我也不滿意現在的生活，貧困的青少年與非法居留者差不多，都是賤民階級。拿著最低的報酬，忍受悲慘的對待，甚至申訴無門，而大部分的孩子甚至不知道，自己不被當人看。

「不過，社會還是和學校、孤兒院不一樣。並不是只有懲罰，還可能被社會永遠隔離。」

「大部分是這樣。不過我不一樣。不一樣的，等著瞧吧。」

傑伊看我的眼神，就像老師望著信仰不堅定的弟子。此後，每當傑伊看著我的時候，我就會覺得他突然「發現」我了。某一天凌晨，傑伊飆完車回來，突然拋出這麼一句：

「什麼呀？你怎麼還沒走？」

由於傑伊是老大，對一些沒什麼大不了的話，追隨者也會發笑。傑伊的這句話，也讓他們笑了起來。對於該跟著一起笑，還是該發火，這種無法決定的時刻逐漸變多。如果大家都在笑，自己卻不笑，那就變成了異類。即使這樣，我還是對傑伊懷抱希望。我一直覺得，把我這個人寫成文字，用鏡子一照，就會出現傑伊，只不過左右顛倒而已，基本上是一樣的。我們是隨著年齡增加而分離的、精神上的連體雙胞胎。在我被囚禁於語言的牢獄中時，我們分明是一體的。我一想到，傑伊就會說出來；我一思考，傑伊就會行動。到後來，在我想到之前，傑伊就已經率先說出來，並採取行動。等到我擺脫失語症，再度開始說話之後，這個關係也沒有改變。我們雖然分開過幾年，當傑伊一回來立刻又恢復以往的關係。我所能想到的，傑伊總是先行一步，以極端的方式實現。例如，離家出走後的流浪，和木蘭這樣的女生談戀愛，率領摩托車隊在市內馳騁。所有的一切傑伊都在做。至於我，總是跟在後面，看著傑伊。

「有什麼不一樣？」

「在我的腦海中浮現一個畫面，很難用語言表達，不過正變得越來越清晰。小學三年級的特別活動時不是學過書法嗎？記得下巴留白鬍子的那個書法老師嗎？」

我點點頭。老師一進教室就拿起筆示範，用粗大的毛筆開始一口氣寫下。時而是似斷非斷的細線，突然又溫柔地畫起弧線。難以辨識的文字看起來像圖畫，老師的走筆有如舞蹈。

「還記得白鬍子說過這樣的話嗎？他說：『毛筆一旦觸到紙張，就絕對不能遲疑或停下。一開始是怎麼想的，就一筆到底』。」

對於傑伊來說，飆車也是一種美學體驗。行駛摩托車就像在都市馬路上雄壯又剛勁地運筆。哪怕沒有人認得那些字。

「不過你想想看，要是揮毫的不只是我，而是數千、數萬人一起。那就是我想的畫面。」

25

傑伊將我和木蘭拋下的情況開始變多。木蘭是傑伊公開的女朋友。她因為這個原因和我有同樣的處境，也就是處於沒辦法排地位的尷尬狀態。私人關係上我們兩人和傑伊最親近，但傑伊不理會我們的時候，就什麼都不是了。

「傑伊好像不喜歡我騎車出來。」

木蘭叼著菸說。

「為什麼？」

「因為我會打女生。」

木蘭不喜歡那些蜂擁而上，搶坐摩托車後座的女生。其實不只是木蘭，自己騎車飆車的女生大部分都這樣。所以只要木蘭一出現，那些女生就會默默消失。對於跟隨傑伊的少年來說，這並不是好事。我曾經目睹木蘭打人，她搧耳光的手又快又狠。女孩挨了耳光後凶狠地瞪著木蘭，但是不敢反擊。木蘭一直搧到女孩露出屈服的眼神為止。

「就讓傑伊載不好嗎？」

「要這樣嗎？不，我不喜歡，很丟臉。」

木蘭很自然地抖起雙腿。那時候，傑伊雖然不是明目張膽這麼做，但確實碰過其他女生。因此，木蘭的神經也變得很敏感。

「男生都這樣嗎？」

燈光明亮的遊艇順江畫過水面，來江邊散步的人避開我們，遠遠地繞道而行。木蘭朝江中扔掉菸頭，微光飛進黑暗中消失了。她的手閃著藍色螢光。

「妳不是更清楚嗎？」

「原來你也那麼想啊，以為我很了解男生。」

「不是那個意思，我是說我也不太清楚。」

「傑伊是古怪，可是你也有點古怪，你為什麼要飆車？看起來不太適合。」

「我看起來怎麼不適合了？」

木蘭轉過頭和我面對面，感覺是她第一次正視我這個人。我不禁垂下視線。

「總之不適合你。」

「是嗎？」

「不知道怎麼說。首先你的話太少，對女生好像也不感興趣，也沒有多愛飆車。你不會是喜歡傑伊吧？我是說愛他嗎？」

木蘭冷不防問道。我不曾想過這個問題，事實上也不確定有何差異。很難說我對傑伊懷有何種感情，只是覺得和他無可奈何地牽連在一起。

「看起來是那樣嗎？」

「不是的話，你為什麼要在這裡？又不像小弟。你和傑伊都有點奇怪，有時候你像傑伊的影子，有時候傑伊又像你的影子。」

我想起小時候家裡停電時，我們經常玩的影子遊戲，用手比出狼、馬和兔子。傑伊是我比出來的影子嗎？

「其實有一個女生喜歡你，你沒看出來？」

我根本不知道。

「真不知道呀。鍾希，臉上有雀斑，眼睛大大的。」

經常和木蘭在一起的女生，她們的名字我其實一個都想不起來。

「她看上你了。」

「嗯。」

「沒興趣嗎？」

「沒有。」

「你看，古怪吧。」

木蘭專注地看著我。我局促不安地抬起頭，第一次迎向木蘭的目光。我像是吃下冰涼的紅豆冰，腦袋發麻。我低下頭告白。

「……其實喜歡妳。」

木蘭看起來似乎並不驚訝。她安慰似的說道：

「你不是知道嘛，我是賤女人。」

「怎麼說這種話……」

「傑伊不碰我，你知道嗎？」

木蘭落寞地說。

「妳是說你們沒有睡過？」

我大吃一驚。傑伊經常和木蘭在同一個房間過夜，有時身邊雖然有其他男孩子，不過若傑伊真想做，這些都不成問題。

「嗯。」

很多女生四處嚷嚷著和傑伊睡過。我也在江邊看過幾次，傑伊提著褲子從廁所出來，然後有女生低著頭跟著走出來的情形。毫無疑問，傑伊表現得像是雄性首領，可是他和木蘭沒有發生任何事情，的確很令人意外。

「用嘴做過，好像不太喜歡。」

我第一次見到木蘭的時候，她是立方體裡的女神，可是她現在卻自甘墮落到底。這還不夠，還拉著傑伊一起墮落。我用雙手堵住耳朵。

「求妳別說了，我不想聽。」

「這種話我是第一次說。」

為什麼？因為我是傑伊的影子？因為我是在任何情況下都不懂發洩的傻瓜？

「真的不想聽。剛才也說過，我喜歡妳。」

「如果跟你都說不了，我會瘋掉。」

「……因為傑伊珍惜妳。」

「不是，因為我是賤人。」

「不要說這種話，妳真的很漂亮。我知道，妳是很美的女生。」

「說謊。我在街上賺錢，都不知道幾年了。」

木蘭把頭靠在我的肩膀上。我慌張之下伸長雙臂抱住她的肩膀。我們兩張臉靠得很近，近到能聞到她身上廉價的脂粉味。只要我願意就可以輕鬆地親吻她的額頭，不，甚至是嘴唇。不過，我根本不想那麼做，完全沒有那樣的念頭。這是很奇怪的事情，倒不是因為她作踐自己、瞧不起自己，而是當我得知傑伊沒有碰過她之後，我對她的欲望也就消失無蹤了。我在那一刻才明白，我之所以迷戀木蘭，是因為深信傑伊想要她。

雖然勃起的生殖器抵著緊身褲，但我的靈魂卻很冷靜地旁觀眼前的情況。木蘭發現我始終沒有任何動作，從我懷裡抽身，猛地站了起來。她像是受到了侮辱，神色決然地跨上川崎，不發一語地離開江邊。我正在思考木蘭拋給我的問題。我為什麼在這裡？我到底是什麼樣的人？兩個問題的答案，很自然地歸結成一個。我和世界之間橫擋的影子，正是傑伊。那裡沒有木蘭的位子。

我突然想到一個不可理喻，但可以從根本上解決問題的辦法。當時覺得那彷彿是無法避開的歸宿。我猛地站起來，在江邊走來走去，酒鬼東倒西歪地從我身邊經過，用聽不懂的話大罵一通，然後搖搖晃晃地遠去。我望著華麗燈光照耀下的漢江大橋橋墩。

我從什麼時候開始想像傑伊死了？不，這個提問是卑劣的，我從某一刻開始確實想像傑伊死了，或者說期盼過。在反覆思考之後，我很具體地描繪傑伊離世的情景，甚至預想到我將體會的甜蜜悲傷。尤有甚者，我還想像過自己和傑伊的死亡直接相關，也就是說我想過殺人。

殺人是幻想的極端。只要越過一定的界限，任何東西都不可能再回到從前。光是想像就已經如此，一旦產生執著，就再也不能從運動或電腦遊戲中得到滿足。我開始閱讀和觀看殺人的電影和小說，想知道大人所說的替代性滿足是不是可能？結論是不可能，替代性滿足是心裡不曾想像過殺人的人，臆造出來的謊言。

為什麼非得是傑伊，是因為嫉妒他嗎？或者是因為木蘭？當傑伊在眾人的眼光中閃閃發光時；當木蘭將身體靠在傑伊背上，彷彿那是世界上最舒服的枕頭時，每一次都讓我覺得痛苦，這是事實。不過，我也清楚記得，當想像的種子在我心中發芽時，並不是出於嫉妒或好勝，而是接近一種好奇心：傑伊如果死了我會經驗到什麼樣的感情？我並不是只對傑伊有這種情緒。我第一個殺人想像的對象是叔叔，就在他打了媽媽耳光之後。爸爸和媽媽吵得厲害的時候，我也希望媽媽死掉。因為爸爸老是待在外面，心想只要媽媽消失的話，家裡就可以變安靜。我渴望墓室般安靜的家，可是我家總是吵吵鬧鬧。傑伊的渴望和我相反，卻被留在等待拆除重建的空房子裡。我和傑伊就這樣，在很多事情上發生錯位。

人們談論悲傷，說是如果家人或親近的人死亡，我們會陷入極深的失落感。我對那種人稱悲傷的感情，處於近乎無知的狀態。不知道為什麼，我對這種無知產生不安的羞恥感。假設這裡有一個灌水的氣球，如果氣球爆裂，水就會突然噴灑出來；假設裡面有悲傷的話，我就會被悲傷浸透，這時我就會知道它是什麼顏色，散發什麼味道。然而，要是我憑自己的意志將氣球戳破，又將如何呢？此時，悲傷依然是悲傷嗎？會不會有所不同？悲傷會不會淹沒罪惡感？是不是只有將罪惡感轉換成悲傷的人，才是真正的強者？

不論是悲傷或罪惡感，對於當時的我來說，都是遙遠而高尚的感情。我意識到我內心強烈地渴望這種高尚的感情，因而陷入到更深的迷茫中。不要期待這些感情自然到來，不，乾脆從一開始就拒絕等待，就像調酒師能用不同的酒調製出雞尾酒，我可以主動製造，並且全然按照我的計畫品嘗。就這樣，我內心的混亂最終歸結到殺人的想像，只要想到這些，我內心深處的焦慮和失敗感就消失無蹤。鳥兒靠近颱風的話，也會停止啁啾。

第四章

他們無法區分做為失敗者應該承受的部分，以及倫理上不應接受的部分。這些可憐的雄性動物認為，在力量上輸了，就必須接受一切。

26

朴勝泰的哈雷機車騎進警察署，發出低沉轟隆的排氣聲，站在正門執勤的義警[12]向他敬禮，他把摩托車停在停車場的角落。

「朴警衛。」

穿著制服的義警走過來叫住他。

「什麼事？」

「保安科長在找您。」

朴勝泰走進辦公室時，保安科長正在看報紙。他摘下老花眼鏡。

「看看你穿的。」

保安科長不滿意他身上的黑色摩托車夾克，不是一天兩天了。警察署長以下的其他幹部早已不當一回事，只有這個保安科長一直視為問題。

「看了這身衣服，有誰會說是警察執勤？會以為是飆車族吧？」

「執行潛伏任務的時候說不定有用，畢竟是一種偽裝。」

「放屁。」

「也是，我們國家的飆車族不會穿這樣的衣服。」

---

12 即義務警察，屬於替代兵役的制度，在服兵役期間協助治安。

「為什麼？太貴了？」

「要是下雨就淋成落湯雞了，還得去送外賣。那些傢伙怎麼會穿皮夾克呢？東大門製造的T恤就剛好。」

保安科長轉動著原子筆問道：

「升警衛多久了？」

「三年了。」

「手下還要帶人，這形象行嗎？指揮得動嗎？無話可說了吧？我是關心你才說的。」

勝泰臉紅了，為了隱藏而低下頭。

「有什麼指示嗎？」

保安科長一言不發瞪著勝泰好一會兒，彷彿把問題學生找來的校長。

「你現在晚上也騎著摩托車到處跑嗎？」

「不在執勤時間，有什麼問題嗎？」

「又不是轄區，為什麼到處跑？我們署出了一匹孤狼啊。」

「您不是知道嗎？我是為了取締飆車族。」

「騎著哈雷機車？」

「對。」

「你是交通科的？」

「青少年成群結隊在首爾市內擾亂秩序，只靠一個轄區警署是制止不了的。轄區警署一出動巡邏車，他們就像跳蚤一樣竄到其他地方，不是嗎？需要有專門人員來追擊他們。」

「好，那麼為什麼要由你來取締？我剛才不是問了嗎，你是交通科還是青少年科的？」

「我沒有直接取締，只是一直以來都這麼做。孩子們都認識我，所以只要去現場就能勸阻，要是勸不動的話，就抓幾個送到轄區警署。您知道就只有這樣……」

「好了，知道了，你以後別管了。」

「如果不管會成為社會問題。」

「你一個警衛擔心什麼社會問題？你是國會議員嗎？那群小子晚上出去騎車，溜達完就回家了，你為什麼要去追他們，把他們抓起來？再說又不容易抓到，勉強抓住最多也就是訓誡和罰款。要是發生人命事故怎麼辦？你要怎麼承受市民的責罵？想讓人權委員會出面調查，接受警察廳的監察嗎？你以為我們是因為做不到像美國警察那樣，才袖手旁觀嗎？要是出動直升機，用巡邏車保險桿硬撞，再發射網槍抓捕的話，都抓得到。怎麼會抓不到？從山上跑下來的野豬，那麼敏捷都能抓得到。你知道野豬有多聰明嗎？經過訓練還能做簡單的算術題，比較聰明的野豬，智商說不定比那些飆車瘋子還要高。」

「有很多市民投訴。」

「喂，勝泰。」

保安科長打斷勝泰的話。

「大韓民國中有人喜歡那群飆車瘋子嗎?拆掉消音器,聲音大得要命;調整避震器提高車速,後面載一個小太妹;任意跨越車道分隔線,甚至逆向行駛。遇到他們,恨不得想直接弄死。看看網路上的留言吧,有人提議恢復三清教育隊[13],有人說幹嘛放著槍不用,引起軒然大波。唯一的共通點是,大家都不喜歡。不過你要是真的相信輿論,輕舉妄動的話,你我就得吃不完兜著走。我的話聽得懂吧?」

「……」

「為什麼不說話?還想騎車到處跑?媒體刊登你騎哈雷機車的照片,看起來很帥,心裡發癢了?變成藝人的感覺是吧?警察上新聞,應該是立了功,你因為騎哈雷機車上新聞,像話嗎?給你一個忠告好不好?想出人頭地的話,不要出現在新聞裡比較好,聽懂了嗎?」

「知道了。」

科長瞪著朴勝泰,冷嘲熱諷。

「知道了?回答倒挺爽快。對啦,你心理上是飆車族吧?」

「科長也真是的,怎麼這麼說……」

「聽說你參加了什麼同好會?」

「啊,那跟飆車族從本質上就不一樣。我們徹底遵守交通規則,正確的駕駛文化……」

13 由全斗煥等政變軍人主導的「國家保衛緊急對策委員會」,一九八〇年以「淨化社會」為名,在軍隊內部設立的機構。

「又放狗屁，要我說就是有錢沒地方花。等你結了婚、孩子上學後，看看你還有沒有錢玩那個。什麼摩托車一輛要上百萬？你騎那玩意兒到處跑要接受監察的，再說你又沒有在江南有樓房的富爸爸。」

「……」

「我不是要對你的私人愛好說三道四，也不想知道你週末去兩水里還是東草。只是要你不要無緣無故跑去別人轄區，別管太寬。還有，犯罪統計這個週末前做好送上來。好啦，去吧。」

朴勝泰回到他的座位，把夾克脫下掛在衣架上。他辦公桌的玻璃板下壓著一張他的全身照，去年曾刊登在一本男性雜誌上。報導主題是跳脫職業刻板印象的斜槓男人，對他們進行簡單的訪談和拍照。包括在絃樂四重奏樂團中拉大提琴的基金經理人，在拉丁舞大賽中奪冠的中學老師，經營古典音樂唱片行的律師等人，都聚在江南一家地下工作室。朴勝泰的標題是「騎哈雷機車馳騁於都市夜晚的刑警」，雖然他其實不是刑警。

「請您帶手銬或是能夠象徵警察的東西來。」

他依照攝影師助理的要求，帶了手銬和三節伸縮警棍。他身穿黑色機車夾克，腳踩復古皮靴，左手拿著手銬。他出門時用髮膠把頭髮向後梳，攝影師似乎不太滿意，翻找道具箱後拿出一條頭巾。勝泰很喜歡那組照片，甚至跟攝影師索取雜誌上沒有刊登的照片，然後放入相框掛在家裡。

勝泰和他周圍的人，都沒有想到他會成為警察。小時候他就和同齡男孩有點不同，他不喜歡足球、籃球等男性化的運動，更熱衷於時裝、美術和音樂。他為了融入男孩的圈子曾經努力過，卻始終不太投合，因為總是找不到和男孩的共同話題。舉辦棒球比賽時，他也會一起去棒球場，但是很難說曾經真心喜歡過。中學三年級，他參加在濟州島舉辦的露營活動，結識一名三十多歲的男人，他幫助孩子搭建露營帳篷。勝泰仰慕他，而男人也知道。男人將勝泰單獨叫到指導老師住的帳篷，然後問了勝泰幾個問題，一開始是有沒有女朋友，最後到一週自慰幾次等比較私密的問題。勝泰一一回答問題時，雖然感到困惑，倒不是毫無興致。這個男人很友善，似乎在親切地介紹勝泰所不了解的世界。男人將身體靠向勝泰，輕聲耳語。

「我看你很可能是……」

一直略微低頭的勝泰，慢慢地抬頭。他們四目相交。

「是同志。」

勝泰受到很大的衝擊，立刻否認，說自己絕對不可能是同性戀者。男人接著說，你從來沒有認真交過女朋友。你長得不錯、身材好、成績也好，一次都沒有不覺得奇怪嗎？

「是因為還沒有遇到喜歡的女生。」

「真是這樣嗎？」

勝泰雖然一直否認，卻無法就此拂袖而去、回到住處。

「有一個很簡單的辦法，可以判斷你是不是同志。」

勝泰好奇是什麼辦法，等著他說下去。可是他等到的不是回答，而是嘴唇。男人突然抱住勝泰。勝泰雖然在掙扎，內心卻同時擔憂，自己如果是同志該怎麼辦？所以他聽任男人擺布。勝泰確實感到某種興奮，不過因為是生來初次的體驗，也不曾和女人發生過，光憑這樣還很難下結論。

勝泰在混亂中回到了首爾。之後，他接到男人打來的電話，要求見面。勝泰一開始拒絕了，男人威脅說要把他們說過的話全部告訴他父母。此後，勝泰在各個汽車旅館，和男人見過幾次。自己生來就是同志，還是因為那個男人才變成同志的？勝泰經常深入思考這個問題。然而，越是這樣，他就越注意到自己從同齡男孩身上體驗到的感情。他努力尋找方法，想從那個男人拋出的話語之網中逃脫。他心想，想要做到首先需要男子漢形象和相匹配的肉體，於是進行有規律的鍛鍊，每天在社區健身房做兩小時的肌肉訓練。升上高中之後，他早已決定未來要當職業軍人或警察。這樣的勝泰，無論是家人或朋友，沒有人認為他會是同志。他被困在沒人知曉的死胡同，更深入地探究自己的性別認同。為了尋找自己不是同志的證據，開始流覽同志網站，卻在過程中無法自拔。他為此生自己的氣，覺得整個世界和人生都在玩弄他。

他得出的結論是，去露營時遇到的那個男人，是他所有不幸的罪魁禍首。勝泰前往和男人約好的汽車旅館，先用拳頭打他的臉，在他昏迷之後，給他扣上在文具店買的玩具手銬，接著用在龍山車站前面購買的警棍毆打。此外，他還做了更過分的事情。回到家後，勝泰因為讓對方瘀青受傷而難過，還流了一點眼淚。

在某種意義上，可以說勝泰因為男人而得以「重生」。準確地說，是因為男人所說的話成為現在這個模樣。你是如此這般的人，這席話斷然變成約束，他越是想脫身，越是無法擺脫。對於勝泰重生的自我而言，在露營中遇到的男人形同父親，而且唯有粗暴地對待這個父親，他才能獲得外在的自由。只不過，精神上並沒有因此克服。性別認同的規制，和發源地之間的聯結發生了斷裂，換句話說，已成為勝泰的內在。對於看不見的父親，勝泰無法毆打或殺掉。

隨著時間流逝，不知不覺中，勝泰到了指導老師的年紀，而且他還擁有警察身分。這是可以接觸一切的魔杖和王牌。三十歲以前，他交往過幾個伴侶，同時發現自己受十幾歲的男孩吸引。正如露營指導老師曾經對他做過的，他也感受到想要規制他們性別認同的衝動。他真正喜歡的，與其說是和十來歲孩子的關係本身，不如說是他所說的話能在孩子身上產生力量。孩子們和很久以前的自己一樣，很容易被別人的話俘虜。偶爾他的話語無法使孩子就範，他便動用權力和暴力來制伏。每當這種時刻，他都會體驗到安全感，覺得眼下是安全的。他不知道為什麼會有這種感覺，不過日漸上癮。

勝泰的夜晚從飆車族集結地附近開始。廉價摩托車裝扮得華麗又花俏，少年坐在車上抽菸。他們還沒有覺悟到自己是誰，甚至沒有意識到有必要知道。只有原始的表現欲望，只想以短暫的喧鬧噪音和狂奔震動都市。勝泰坐在他的哈雷機車上注視他們。

勝泰有時候會踢踢躂躂地走到他們當中，專挑看起來最厲害的傢伙，亮出警察證，迫使對方屈服。韓國的飆車族和美國、日本的暴走族完全不同。美日的暴走族成員以成年男性為主，本身就是一種暴力組織，而韓國飆車族的主力是青少年，是膽小的烏合之眾。他們不像美國暴走族會進行毒品交易，也不像日本暴走族會和黑幫火拚。他們不管怎麼耍酷，都是一群小屁孩。他們在行駛中或許是危險的，不過一旦停下車、開始吵鬧，就可以很輕易地制伏。這些青少年不知道什麼嫌疑人的權利、米蘭達原則，也不在乎警察臨檢時應有的義務。他們只會絞盡腦汁，擠出一些語法不通的敬語。朴勝泰對待這些幼稚的小混混，就像高中的訓導主任。受到恐嚇的少年，都會乖乖回答住址和電話號碼。勝泰雖然知道他們騎的摩托車大部分是偷來的，不過並不追究。他只要不動聲色地威脅，就足以達到目的。這就是勝泰遇過的飆車族。不過自從傑伊出現後，情況就開始變了。

關於新登場的傑伊，勝泰不時聽到他的傳聞。目前雖然陣勢不大，但是有必要加以關注。勝泰雖然連一張傑伊的照片都沒有，倒也不擔心。十來歲的少年只要帶到警察局，什麼事情都問得到，所以能輕鬆掌握傑伊的情況。勝泰見過的少年中，大多數都知道傑伊。關於他的身世、相貌和住處，雖然眾口不一，但有一點很一致：傑伊與眾不同，而且非常厲害。勝泰以「傑伊」為名，做了一個檔案，將空的檔案夾丟到檔案盒裡，然後拿出「吳太周」的檔案，他的當務之急是抓住這個小子。

27

勝泰等候時機抓住太周，已經有一段時間了。當然，真心想抓的話，隨時都可以逮捕，把他嚇得半死。也可以依違反道路交通法規移交給即審[14]，判他罰金和社會服務。他只是一個窮小子，沒有律師、沒有受過足夠教育的家長，同時缺乏人權方面常識。不過，勝泰想要的是徹底控制太周。

太周的騎乘技術大膽而富有魅力。摩托車會因為騎士不同而呈現不同的風格。太周的騎術彷彿肆意揮灑的草書，轉彎時切入的角度深而圓滑，加速時則勢不可擋。警察從四面八方包抄時，他也毫不驚慌，迅速做出判斷，帶領車隊繼續奔馳。要想做到這一點，必須掌握警察的策略。在馬路這個圍棋盤上，警察與飆車族的對弈中，鬥智才是決定當晚勝負的關鍵。如果警察的策略得當，就能截斷車隊。車隊四散後，飆車的興致也隨之瓦解。市民或許認為警察嚴陣以待的目的是為了拘捕，事實上並非如此。警察只是透過截斷車隊尾巴、持續減弱飆車族的力量而已。著力於拘捕是代價高、效率低的治安策略。飆車族領隊會想盡辦法維持車隊，出色的領隊必須懂得如何重新銜接被截斷的尾巴，以再次壯大陣勢。當警察和飆車族一步步在棋盤上落子，試圖掌控局面時，路上的轎車駕駛不過是瞎眼的障礙物。

14 即決審判的簡稱，經常用於處理輕微的刑事案件。

大型的飆車族很像封建領主召集的遠征十字軍。率領麾下騎兵參戰的領主，沒有向國王宣誓絕對會效忠，一不順心就會打道回府。首都圈一帶，幾個飆車團體聯合組成的大型車隊，領隊的作用在於掌握和統帥各個小團體。噪音籠罩下的夜晚馬路，語言起不了任何作用，領隊唯有表現自己的飆車實力，才有辦法領導車隊。領隊如果無法做到，力量就會迅速衰減。

太周就有這個弱點，他的騎乘風格華麗炫目，但是沒有耐性等待落後的騎士，因此車尾很快就變得七零八落，最後只剩下他一個人喧鬧地奔馳。這樣的飆車族大約在凌晨兩點就會失去興致，逐漸潰散。從大車隊脫離的小團體，無聊地在街頭亂竄，不是遭警察逮捕，就是逐一鳥獸散。

不久前，勝泰的線民給了一個關於太周的重要情報。那小子吃了勝泰幾拳，加上送進少年感化院的恐嚇，就變成他的線民。這樣的幼稚線民，另外還有好幾名。勝泰只要打一通電話，就會有人送上前一晚參加飆車的名單。那個線民說，忠武路一間商店所失竊的山葉R1機車，在太周的手上。事情有點複雜，那名店主偏偏是太周的熟人，機車失竊後店主找上太周，太周就分派少年去找。不到三天，偷車賊把機車交給太周後跑掉了。問題是太周沒有把機車還給店主，自己騎著它到處跑。山葉R1這個檔次的機車，的確夠吸引人。店主還沒有向警察報案，看樣子是在等待太周自動交還。

「肯定嗎？」

不論情況如何，拒絕將贓物交給失主，就是盜竊罪的共犯。

「真的，千真萬確。」

線民還說出太周目前的下落。

「臭小子，拿著，五張兌換券。」

這個線民有了那些兌換券，將來若是因為輕罪被補，有五次可以無罪釋放。勝泰確定太周的行蹤後，立即採取行動，必須在太周把機車交還給店主，或者轉賣到國外之前抓住他。在首爾失竊的摩托車，第二天到平澤港，第三天就已經在駛向柬埔寨的貨船上，這種情況比比皆是。勝泰在遠處觀察。太周一邊抽菸一邊閒聊，總共有四男一女，摩托車確實是山葉R1。他們開始動身，勝泰也騎上哈雷跟在後面。他們很規矩地通過下班時間的市區道路，最後停在漢江邊，然後在商店吃泡麵打發時間。勝泰給附近的派出所打了電話。

「……請假裝是偶然路過做盤查。他們沒有戴安全帽，先以這個理由扣住。摩托車是偷來的，很有可能逃跑。這幫傢伙一旦騎上車就很難抓，注意要切斷後路。當中染紅色頭髮的就是吳太周，絕不能讓那小子跑了。凶器嗎？應該沒有，對，我也在現場，不過現在不方便出面。」

轄區派出所警察開著巡邏車前來，按照勝泰的指示行動，抓捕過程很順利。勝泰在一旁觀看整個抓捕過程，然後跟在巡邏車後方。勝泰先在派出所附近的咖啡店吃三明治，之後才走進派出所，四個少年正在寫陳述書。少年抬頭看著接受巡警敬禮的勝泰。

「誰偷的？」

「不是偷的！」

太周激動地否認。

「是報過案的失竊機車，還想耍賴？」

「是熟人的摩托車被偷了，我幫忙找回來的。」

「那麼，為什麼你在騎，沒有還給主人？」

太周答不出話，支支吾吾的。

「打算要還的。」

「什麼時候？明年？撿到掉在地上的三百元，沒有還給失主的話，都能構成侵占罪。」

太周撇著嘴低下頭。

「喂，把頭抬起來。不認識我嗎？」

「我不認識您。」

「喂，吳太周！不認識我？」

直到此時，太周才開始懷疑，自己可能不是栽在偶然的盤查。

「您是哪位？」

「騎哈雷的條子。不知道嗎？」

太周這時才仔細看了勝泰，同時瞄一眼停在派出所外面的哈雷機車。他開始確信自己的懷疑。

「不是接到報案才來的吧？」

勝泰要求派出所警察把少年移送到總署。對於太周，有必要在主場花點時間慢慢料理。

28

勝泰走進辦公室，保安科長和往常一樣說了一句：

「還穿著這身衣服？」

勝泰沒有回答，只是抓抓頭。

「最近晚上也騎摩托車到處逛嗎？」

「前些天您說過之後，只當成上下班的交通工具。」

他說謊。他只是沒有進行取締。

「真的嗎？」

科長的眼睛瞇得細長，勝泰猶豫了一下，決定繼續敷衍。

「涉及到轄區，就算取締也撈不到什麼好處。」

「好，這就是我的意思。你又撈不到什麼，幹嘛這麼做呢。」

勝泰乖乖同意。

「往後摩托車只在上下班騎嗎？」

「是。」

「那就有點可惜了。」

科長拉過旋轉椅坐下。

「情況發生了點變化。」

「什麼情況？」

「還沒聽說嗎？昨天一個巡警在取締飆車族時滾到地上，頭部受傷。」

「傷到什麼程度？」

「不好，情況很糟。現在還沒恢復意識，正在做腦部手術，跟死了沒兩樣。好像是要抓住逃跑的摩托車，結果失手了。」

保安科長把電腦螢幕轉向勝泰，是負傷巡警的照片和身分資料。

「你應該認識。」

科長說對了。勝泰跟他很熟，是在以前任職的署裡一起工作四年的部下。他雖然有點好酒，不過交辦的工作總是做得很好，是踏實的警察。勝泰曾聽說他要結婚的消息，不過由於有緊急任務沒能參加，只送去禮金。不知道是不是先上車後補票，結婚沒多久就聽到生了兒子。

「我認識，都已經有家室了，啊……」

「會認定為因公受傷，要是死了就是殉職。還是可惜啊，才三十歲。」

「很踏實的人。」

勝泰用右手蓋住額頭。

「本廳下了命令。犯人當然要拘留，飆車族一律查處，無期限。」

「是應該這麼做，警員都變成這模樣了。」

「本廳要調你過去。看起來是因為你出現在雜誌上，以為你是這方面的專家吧。可能會成立特別工作小組。」

「真的嗎？」

「別高興，我以前也說過，取締飆車族就算做得好，也只能算是盡了本分。眼下輿論嚷嚷說公權力已掉到地上，青少年視警察為無物。不過我們要是真的強硬起來，肯定又會說濫用公權力或警察暴力執法。」

「什麼時候去？」

「一個警察都快沒命了，還問什麼時候去？現在，馬上。先去這裡。」

科長遞過一個紙條，挖苦道：

「這下子摩托車可以騎個夠了。」

勝泰沒有回答。

「還能上新聞呢。」

「得先掌握嫌疑犯的情況。」

「那有何難？馬上就是三一節了，這個要是堵不住可就麻煩了。」

對於一般人來說，三一節是紀念一九一九年三月一日，朝鮮民眾舉國反抗日本殖民統治的三一運動。然而，這一天對於警察來說，是數百輛摩托車湧進市內，舉行令人頭痛的年度例行活動的日子，人們稱之為三一節大飆車。

29

大飆車在傑伊出現之前就已經存在，最具代表性的是三一節大飆車和光復節[15]大飆車。為什麼只在與日本殖民統治相關的紀念日前夜進行大飆車，是誰創造出來的傳統，大家不得而知。警方只知道，從九〇年代某一年開始出現大飆車，此後每一年都毫無例外地舉行。這是個除了飆車族之外，沒有人歡迎的活動，沒有接受過暗中支援或資助，也沒有得到任何精神上的支持。主張民眾當家作主的知識份子，並不把飆車族視為「民眾」。而憎恨日

15 每年的八月十五，紀念一九四五年八月十五日朝鮮半島從日本殖民統治下獨立，以及一九四八年八月十五日大韓民國政府成立。

本的民族主義者，對於那些年輕的麻煩製造者，在神聖的紀念日前夜引起騷動，也心懷不滿。

大飆車沒有導致暴動或縱火，也沒有引發殺人、強姦等重大犯罪。雖然偶有出言恐嚇提出抗議的轎車司機，或者向行人吼叫的情況，但鮮少直接述諸暴力。他們只是整晚狂奔，避開慢吞吞的警察，像游擊隊一樣玩捉迷藏。他們沒有政治上的企圖或主張，簡而言之，他們的渴望很單純：整夜遊蕩，如此而已。

有段時間，警方曾經討論過良性引導大飆車的方案，例如，要求飆車族領隊申請集會，允許他們在警察護衛下，在市中心的指定區域，釋放飆車的欲望。這個良性引導方案連警察廳長都給予讚賞，但是一開始就遇到難關，因為找不到飆車族領隊。

「領隊倒是有。」

參加特別工作小組會議的勝泰，對此提出意見。

「請看這張圖表。」

朴勝泰指著投影片上的簡報畫面說：

「叫做擋箭牌的傢伙先堵住交岔路口，迫使其他車輛無法通行。這和我們警力護衛首長要人，進行交通管制時差不多。在前面阻擋的傢伙叫前掩護，在車隊後面阻擋的叫後掩護。在這後面的一般是領隊，他會揮著螢光棒帶領車隊。擋箭牌會一直等到車隊完全通過後才跟上，此時，前掩護的傢伙就成了後掩護。」領隊會即時得到警察的最新動向報告，並引導車隊前進。他必須隨時根據形勢變化做出正確判斷，才能帶領車隊，因此不僅要熟悉市區地形，也必須有領導能力和膽量。」

「那麼，把那個領隊還是老大的傢伙，抓起來不就行了嗎。」

一個叫表碩原的警長這麼說，勝泰搖了搖頭。

「問題是要在現場抓住領隊相當困難。我們的巡邏車要先制伏擋箭牌，然後推進飆車族車隊中央，抓捕那個摩托車騎得最好的領隊。那些少年比我們快兩三倍，而且不知道害怕，都是隨時能赴死的傢伙。為了抓他們，有一個警察不是腦死了嗎？而且那還不是大飆車。」

「是不容易啊。」

「還有一點，領隊經常換人。隨時隨地，最勇敢、拳頭最硬的就當老大。例如，A這個傢伙當頭，不爽的話，就有B這個傢伙取而代之，被取代的也二話不說就退到後面。很像動物王國中的公獅子，不會你死我活地廝打。哦，你的技術比我好，那你來當頭，然後就退到後面。」

「那就是沒有組織囉？」

「沒錯，要是有組織的話，用什麼東西把他們的鼻子串起來，做成維也納香腸就行了。可是這幫傢伙沒有組織，也就是說不是暴力團體，純粹是烏合之眾。因為這樣，反而更難取締。」

「這麼說，就算抓到領隊也沒用，孩子們不會聽他的。要他們在限定的區域內，在警察保護下飆車，例如在龍仁租個賽車場，讓他們在那裡跑，也不會有人來。」

勝泰仔細觀察特別工作小組的成員，這些人並不懂飆車的精神，以後也不會懂。他們人在「此處」，精神卻在「別處」，這種感覺對於勝泰來說很熟悉。他雖然以世故隱藏起來，不會在外表上顯露，但是那種不適感就像耳鳴一樣，明確且持續地刺激著他。在這一刻，勝泰在精神上更接近飆車族，那是以名叫摩托車的機械為媒介，在精神上形成認同和連結的紐帶。即使勝泰騎的是哈雷機車，飆車族騎的是中國製造的一二五CC摩托車，他們同樣將全身暴露在外，不懼危險地騰空飛馳，就這點來說，他們是同族。不論是多麼昂貴的摩托車，在失去平衡的瞬間，對於騎士而言都會變成奪命的危險凶器，就這一點來說，也沒有任何不同。在轎車裡受到安全帶和氣囊保護的駕駛人，很難理解飆車的心情。

「不會有人去的，因為青少年想要的不是飆車，而是『危險的飆車』。知道他們為什麼不戴安全帽嗎？因為戴了就弱掉了。」

「那麼，要是警察不取締的話，會怎麼樣？有沒有可能覺得沒意思，就不飆車了。」

「新聞可能會這麼寫：無法無天的市區，警察在那裡？」

表警長的話讓大家發出苦笑，勝泰也很同意。

「他們是主角，我們是配角。沒錯，沒有我們，他們肯定會覺得沒意思就不飆車了。只是我們必須去那裡，他們很清楚我們別無選擇。在大飆車開始前，就已料到我們會出現。

我們追、他們就跑，我們再追、他們再跑，就這樣度過一整夜。只是苦了那些義警。」

「挺好玩的，我也想跑了，那個大飆車。」

坐在角落，一直沒說話的李警監笑著說。他是特別工作小組中警階最高的，應該說是負責人。

「這麼說，只要我們適當配合，不就行了嗎？只要不出大事故的話。挨罵的應該會是他們。只要適時抓幾個人，按違反道路交通法規移送即審，那麼媒體就會報導有多少人被補。」

「一直以來是這麼做的，不過現在情況不同了，大家都心知肚明。」勝泰說道。

「就算沒有組織也弄得出來吧？」

表警長自言自語地問道。

「誰知道呢？說不定有組織呢？圖只要畫出來就有了。」

李警監意味深長地笑著從座位上站起來，第一次會議就這麼結束了。勝泰走到外面吹風透氣，原本在那裡喝咖啡、抽菸的義警，一見到勝泰都退到暗處去。滿面愁容的市民，在交通科前面拿著手機來回踱步。結束執勤歸隊的便衣警察，繞過他們走進警察署。

勝泰曾經短暫在首爾廳工作。沒完沒了的文書工作雖然令人厭倦，一整天都待在密不通風的辦公室更令他畏懼。他最不滿意的是那裡只有警察，和其他公務員沒有什麼不同。警察只有在和市民相遇時，才能清楚意識到自己的身分。「警察即國家」。他所赴任的第一個署的署長曾經說：「警察即國家的說法是套套邏輯，國家即是警察，我們壟斷暴力，並以暴力管理國家。」

訓練有素的司法警官，不管是多麼複雜的案件，都要有辦法在調查報告書中化約為一個句子。不論是數十年間殺了數十人的謀殺案，還是崇禮門到興仁門甚至國立博物館的所有縱火案，調查報告書從頭至尾都化約為一個句子。在警校學習報告書撰寫技巧時，沒有人解釋過這麼做的理由。不過，他現在已經可以明白，在簡單明瞭的調查報告書中，就是以一個句子代表被調查對象。

我們並不關心調查對象那些曲曲折折的原因，以及「不得不如此」的理由。他們犯下的罪行「可以整理成一個句子」，而且必須如此。

就這樣，被壟斷的合法暴力，其精神甚至滲透到警察的行文風格當中，而且越是如此，越激起一種不適感。勝泰長久以來都不知道理由何在。有一年夏天，市區發生一場激烈的示威，他被包圍在示威人群中，出乎意料的是，在那壓迫的瞬間，那個引起不適的理由清楚顯現：示威人群早晚會解散回家，不過警察卻依舊留在現場。警察雖然向市民低頭，但心裡並沒有屈服，那就是警察。在諷刺和嘲弄肆意蔓延的示威現場，玩弄全副武裝的警員是家常便飯。不過，警察、或者說國家，也許遲鈍又幼稚，卻很執著。他們不會輕易遺忘，透過現場蒐證的照片和資料，慢慢的會查出暴力的終極根源究竟在何處。因此，與其說警察是吸血鬼，還不如說是殭屍。不在意別人的目光，不需要愛情和關心，也不需要像吸血鬼一樣有魅力。殭屍追擊獵物，緩慢而悠閒，卻很執著，最後終將達到目的，一湧而上，直到獵物體無完膚。

但是，我不是殭屍。

勝泰的違和感正來自這一點，在他的內心深處，有一個聲音在抗拒所謂的警察這一合法暴力精神，對此他很清楚。這倒不是因為他反對警察壟斷暴力，而是精神上他不想成為殭屍，更願意成為吸血鬼。他希望以自己具有的魅力去操縱別人：微笑著悄悄接近，然後在脖子上留下致命的牙痕。可是當警察的身分暴露的那一刻，他就會墮落為殭屍。於是每逢那種時刻，他就會報復似的行使自己被賦予的權力。只是每當這麼做，心情都會很糟。

比如，前天抓到的太周就是這種情況。太周與其說是怕他，還不如說是嫌惡，或許連嫌惡也還說不上。太周對勝泰的哈雷機車沒有任何興趣，只希望儘快回到朋友和女朋友身邊。勝泰把太周從警察署帶出來，告訴他說：

「不想去少年感化院吧？這就看你怎麼做了。」

勝泰帶太周去他的公寓，借用合法暴力施行私人暴力。就像很久之前對待露營指導老師那樣，他在太周背後扣上手銬，把他推倒。最後和對待其他線民一樣，發給他兌換券。太周的反抗，沒有預想的強烈。

「那個竊車案，我會從輕處理，不要擔心。」

他們走出公寓，去生啤酒店吃炸雞。店主剛說完不能賣酒給未成年人，勝泰就出示警察證。太周默默地喝啤酒、啃炸雞腿。這時勝泰的手機收到訊息，已經掌握導致警察受傷、追捕中的飆車族身分，現在只要關注三一節大飆車就可以了。勝泰關閉手機訊息，問太周說：

「你有沒有聽說過傑伊？」

太周皺眉搖頭，低下頭沒有回話。

「臭小子，大人說話你當耳旁風啊？知道？還是不知道？」

太周抬頭凝視勝泰，他的眼神喚起勝泰內心潛伏的羞恥心。勝泰猛然從座位上起身，反扭太周的手臂，店裡的客人嚇得目瞪口呆。勝泰在扣手銬時，太周笑著看他。

「還笑？你這小子敢……」

這時，太周朝勝泰的臉上吐口水。勝泰開始用腳踢椅子，店裡一團混亂，主人趕緊叫警察。

「說了我就是警察！」

店主沒有理睬勝泰，打電話到一一二。一會兒之後，巡邏車就來了。制服警察看了太周手上的手銬，以及勝泰的警察證，詢問發生了什麼事情。

「正在拘押逃犯，我會處理的。」

勝泰故意不用敬語，想在氣勢上壓倒對方。但是對方沒有輕易放過，懷疑地觀察情況。他回去後需要寫報告書，想依照程序處理。

「因為是緊急報案專線接到的報案，回去要寫報告。」

「就按看到的寫吧，警衛朴勝泰正在拘捕竊盜案逃犯。」

勝泰把太周拖出去時，店主人擋住去路說：

「這個，帳單……」

勝泰的臉一下子漲得通紅，太周得意地笑著。勝泰離開時，制服警察沒有向他敬禮。

他們走遠了之後，勝泰才用袖子擦拭臉上的口水。

「你這小子，今天死定了。」

30

我是惡人嗎？勝泰低頭望著太周。他的雙手銬在背後，側躺在地上、身體瘀青。勝泰突然抬手撫摸自己的胸膛，經過鍛鍊的肌肉很堅實，沒有一絲贅肉，這具年輕的肉體可以很容易找到伴侶，為什麼最後的結局總是那樣？過去的日子裡，雖然曾經和幾個人有過持續的真摯關係，不過總是感到一腳踏空般的空虛。這種空虛只有在展現自己最黑暗的一面之後，才得以漸漸平復。他最近交往的伴侶是一名電影配角，比他大三歲。分手的那天晚上，當他聽到勝泰的殭屍、吸血鬼論時，曾經這麼說：

「嗯，我覺得你是一個殭屍，卻自以為是吸血鬼，是最可笑的例子。身穿黑色皮夾克，騎上黑色摩托車，在夜色中奔馳，你以為這樣人們就會把你當作是吸血鬼嗎？」

勝泰曾沒聽那個男人說過一句好話。這最後的一席話，卻留在心裡折磨了他很久。這時傳來太周的聲音：

「媽的，請給我水，還有解開手銬。」

勝泰拿出鑰匙打開手銬，從廚房裡拿水給他。太周好像渴了，咕嚕嚕喝下。

「還好嗎？」

太周的眼睛瞇成一條線，看著勝泰，像是在斟酌他話中的意思。

「沒事吧？」

太周沒有回答，只是推揉受傷的手腕。

「要是因為違反交通號誌什麼的給逮住了，你就連絡我吧。有受害人的盜竊、暴力行為，就比較困難。」

「可以走了嗎？」

「我剛才問你的，不是還沒回答嗎？」

「問什麼？」

「那個叫傑伊的傢伙。」

「認識木蘭嗎？一個騎川崎的女生，還挺有名的，是我的前女友。」

勝泰向來對女生不太有興趣。

「不認識。」

「她好像和傑伊那傢伙在交往。那小子的團隊最近很紅。」

「比你們紅？」

「人數雖然不多，但是有點特別。要不見一面吧。」

太周揚起嘴角意味深長地笑了。

「特別？哪方面？」

「那小子不一樣，一看就知道。現在可以走了吧？」

「嗯，以後哥要是發訊息給你，不要已讀不回，不然就死定了。」

太周關上玄關門之前，低著頭說：

「謝你了，讓我體驗到這種狗屁經驗。走夜路時小心一點，你這個死變態！」

太周接著碰一聲把門關上，登登登地走下樓梯。勝泰沒有追上去，只是噗哧一笑。會這麼撂狠話的，之後往往什麼事情都不會做。在勝泰眼中看來，像太周這樣的少年，在暴力面前屈服時心態很矛盾：他們無法區分做為失敗者應該承受的部分，以及倫理上不應接受的部分。這些可憐的雄性動物認為，在力量上輸了，就必須接受一切。他們不是沒有報仇的心理，只是想不到可以訴諸於世間倫理。對於青少年的性暴力犯行，通常可以長久隱匿，或者永久掩蓋的原因，可能就是出自這一點。

勝泰走到陽臺上，窗外飄著春雪，他打開窗戶伸出手，感受雪花落在手心上的涼意。

31

為了紀念光復節而早早掛上的太極旗，似乎疲於酷暑，無力地飄動。朴勝泰打開表警長駕駛的起亞汽車車門，坐到副駕駛座。他本來想騎哈雷機車出擊，結果遭到特別工作小組主管李警監勸阻。

「你大剌剌的騎車去，那些孩子會老老實實等著被抓嗎？」

勝泰在少年之間早已廣為人知，人稱「騎哈雷的條子」。在隨手抓幾個人以輕罪罰款了事的時期，少年不太提防他，甚至還受到歡迎。勝泰理解摩托車文化，那些孩子認為至少「可以溝通」，並且接受他。不過，這幾個月間情況發生了變化。媒體對飆車族的批評報導，一天多過一天。腦死的警察在捐獻器官後離世，飆車族卻仍不知收斂，每週末繼續喧鬧地暴走。媒體抨擊青少年嘲笑公權力無能，引發網路上對飆車族的批評留言：讓他們去吃牢飯吧，送到軍隊吧，撒網抓捕吧，使用槍械吧，甚至還有人建議送到北韓。飆車族是全體國民可以放心憎恨的，極少數的團體之一。那些市民連白天外送稍微晚了點都會不耐煩，對於外送少年膽敢在晚上無視秩序，把市區搞得亂七八糟，憤恨不已。

朴勝泰透過平時認識的線民，抓了一些參加飆車的青少年。由於社會氣氛過於強烈，只抓一兩個替罪羊，很難平息大眾的憤怒。檢方和警方主管部門想要的是，可以提供給媒體的「數字」，重要的是拘捕人數有多少（但沒有人在乎最後如何處理）。拘捕行動持續進行，飆車少年開始遠離勝泰。一起融洽地分吃泡麵，說說笑笑的日子早就遠去。而事件的高潮，是上一次的三一節大飆車。

三一節大飆車，是傑伊在飆車圈聲名遠播的決定性契機。曾被勝泰抓個正著的太周，騎在前面帶隊，比往常收斂。其間傑伊的車隊脫穎而出，突破警方在麻浦和龍山的防線。始於子夜的大飆車持續到凌晨五點，市民不斷打電話到一一二抗議。

勝泰第一次看到傑伊是在三一節的前夜。那天勝泰開著起亞千里馬汽車，偽裝成汽車飆車族，擠進飆車行列中，不過很難擠到前方，一開始沒能和傑伊打照面。他用對講機命令巡邏車堵住車隊行進方向，於是打頭陣的傑伊團隊，為了繞道隨即從原路折返。領隊手持黃色螢光棒、飄著長髮，勝泰立刻認出來了。

「那小子就是傑伊。」

太周說過，遇到的話一眼就能認出來。憑坐姿就可以看出他身材很高，加上被風吹起的長髮，彷彿騎馬的將軍。他單手嫻熟地操縱本田一二五，以不受遮蔽的視野觀察著四周。表警長在汽車副駕駛座上用長鏡頭拍了數十張照片，不過由於天色黑暗，加上車子行進速度快，只拍下幽靈般的模糊影像。然而，由於印象極深，如果再次遇到一定認得出來。正如太周所說，傑伊和他到目前為止遇到的飆車族完全不一樣。他沉穩地坐在機車上，神態中沒有絲毫躁動，鬆鬆垮垮的毛衣套住乾瘦的身軀，長髮散亂，和摩托車非常相配。傑伊冷靜而靈活地帶領車隊。

「看來出了一個摩托車上的偶像。一群小混蛋。」

表警長嘲諷道。勝泰很後悔沒有提早拘捕傑伊，線民不斷傳來情報，不過都是諸如：「昨天晚上出現在西大門」、「把往十里一帶搞得雞飛狗跳的就是傑伊」的內容，到了早上就沒有用處，而且也不可信。還有情報說他父母是財閥二代，因為叛逆才出來鬼混，讓人哭笑不得。不論如何，綜合各項情報來看，傑伊這個傢伙沒有固定的工作地點，也沒有一定的住所，可說是飄泊不定，一到晚上才帶領團隊飆車，因此想找他並不容易。不過就算找到他，又能以什麼名義抓人呢？最終還是只能在現場，以現行犯逮捕。

「在網路上查查看呢？」

表警長提議道。

「他們的討論版應該有很多情報吧。想要聚集起來，就得傳遞在哪裡集結之類的情報，肯定會有的。就算是傑伊，還能有別的辦法不成？」

勝泰覺得有道理，花了幾天時間查看網路上的討論版。不過這也不容易。討論版都是臨近飆車前夕才開設，飆車過後就完全刪除，加上大部分是用暗號，不容易解讀。根據線民的說法，類似集結地點、時間等重要通知，都是在當日以手機訊息傳播。

光復節近在眼前，追蹤傑伊一事沒有什麼進展，卻在意想不到的地方發生了一件事。六月底的某一天，水原市的一間派出所帶回一群打群架的青少年，氣還沒消的兩群人馬，在狹小的派出所再次開打。為數不多的警察費了九牛二虎之力，好不容易才控制住。正在一一叫過去喝斥，同時製作調查報告時，派出所外面傳來一陣騷動。原本以為發生了交通事故，出去查看的警察卻被嚇得折回，但是為時已晚，一群飆車族拎著鐵管和鐵鍊衝進派出所。他們二話不說，不分青紅皂白亂打一通，然後趁著警察驚慌失措之際，帶走正在接受調查的同夥，一起騎上摩托車逃跑。

這下可就不是打群架的問題了。第二天開始，媒體以「青少年嘲弄公權力，連派出所也淪陷」之類的標題進行大幅報導，還比照電影片名，稱為「派出所襲擊事件」。晚一步才出擊的警方，根據掌握到的身分資料，抓到了幾名襲擊派出所那夥人的死對頭。

「是傑伊。」

「誰是傑伊？」

他們異口同聲地說。

「有那麼一個傢伙，我們也不太認識，突然跑到我們的地盤鬧事。」

勝泰查看警方通訊網傳送過來的派出所監視錄影畫面，確認是三一節見到的傑伊。他沒有闖入派出所，而是站在外面默默看著少年把派出所砸得稀巴爛，襲擊一結束，隨之不慌不忙地揚長而去。

「這可以先申請簽發拘票了。」

表警長看了畫面說道。

「但是，還沒掌握到身分資料嗎？」

「是啊。」

「現在可以提告妨害公務，甚至暴力犯罪。」

「不是可以告，而是必須告。這些傢伙百分之百瘋了，又不是雙八年[16]，也不是社會運動，竟然敢襲擊派出所。」

這次事件唯一的收穫，是知道傑伊主要在水原一帶活動。像襲擊派出所這麼罕見的事件，如果警方因此能投入大量資源，應該能夠抓住傑伊。只不過，事情沒有如勝泰所預期的那樣發展。掌握傑伊的行蹤，首先就是一件難事。如果不是大飆車，就無法得知傑伊在哪裡出沒。從水原往外擴大半徑，意味著他有可能出現在議政府或日山。此外，那次事件之後傑伊成為名副其實的傳說。傑伊襲擊派出所的消息，在飆車族中盛傳。從三一節大飆車開始嶄露頭角，如今可說是榮獲了璀璨的光環。

「真的不清楚。只是大家都叫他傑伊。」

遭到逮捕的少年，證詞都一樣。警方根據少年所提供的情報，突襲傑伊曾經住過的地方，不過也只是讓一起住的少年嚇得魂飛魄散而已。

16 意指一九八八年，韓國社會處於人治與不公義的動盪時期。

「這小子不會是間諜吧？」

聽到勝泰的抱怨，李警監隨口提出建議。

「發布到警方內部的通訊網怎麼樣？誰知道呢？說不定以前曾按少年犯處理過。這也不是需要我們逮捕立功的案件，只要能阻止光復節大飆車就行了吧？」

警方之間共享情報並建立內部協助組織很少見，反倒是A警署正在追捕的犯人，B警署逮捕後釋放的情形不在少數。對於表警長建議摘錄傑伊的資料，發布到警方通訊網上，勝泰並沒有抱太大的希望，然而，不久之後辦公桌上的電話鈴響了。

「傑伊那個孩子，我好像知道一些事。」

勝泰從對方的聲音和口氣，感覺得到是在警界打滾多年的前輩。

「不好意思，您那裡是？」

打電話來的男人報出自己所屬的警察署和職位。

「前輩，我去拜訪您吧。」

勝泰畢恭畢敬地說。

「不必，我有事要到首爾廳。您下午在嗎？」

32

「今天有直升機支援嗎?說了不行吧?」

表警長挪挪屁股問道。天氣悶熱，下水道的臭味迎面撲來。

「沒錯。就是聽不懂人話。不論怎麼解釋沒有直升機就掌握不了飆車族的路線，本廳都取笑說，是什麼渾小子騎著摩托車閒晃，還用得著晚上開直升機去追，以為這裡是洛杉磯嘛?混蛋傢伙。」

勝泰有預感，今晚的飆車將與以往不同，光從網路討論版反覆建立又刪除的數量，就可以預料這一次的規模。甚至連勝泰的線民，都顯得很興奮。就像足球迷等待四年一次的世界盃，飆車族也期待大飆車。要說兩者有什麼不同，世界盃每四年準時舉辦一次，「真正」的大飆車則沒有人知道何時起跑。這一次的光復節前夜或許正是飆車族眾所期待的「那一天」，這樣的消息正在迅速擴散。

「會有多少輛?」

表警長拿著蒐證用攝影機問道。

「你認為會來多少輛呢?」

勝泰反問。

「大概五百輛左右吧?」

他露出這還是高估了的表情。

「乘上十吧。」

「五千輛？真是的，玩笑開大了吧。」

「等著瞧吧，今晚就會知道我為什麼說一定需要直升機。」

五千輛摩托車聚在一起，會發出何種聲音呢？勝泰當然不曾見過那樣的情景，再加上，如果那些摩托車是為了飆車、為了製造更大的噪音，都經過改裝呢？勝泰的職責是必須突進飆車行列、逮捕帶頭者、驅散車隊；另一方面，他也是一個摩托車騎士，難免會忍不住感到興奮。不管怎麼說，在馬路上，摩托車總是比不上轎車，不管腳下的摩托車有多帥氣，在馬路上都是二等公民。可以顛倒這種關係的唯一時刻，就是大飆車。可嘆的是，每當這種時刻，命運總是要勝泰站在對立面。一想到這一點，千里馬轎車內體型碩大的刑警身上所散發的熱氣，讓他鬱悶到無法忍受。空氣中有同僚口中散發的菸味，以及他們稍早之前吃的牛肉湯味，車上空調的冷氣尚不足以冷卻三伏天的暑熱、四個男人的體溫，以及柏油路上散發的熱氣。

勝泰一邊以對講機核對警力的配置情況，一邊以眼睛餘光確認線民寄來的訊息。現在是晚上九點，還沒有任何動靜。雖然能看到有少年將摩托車停在巷子裡抽菸，也很清楚他們在等什麼，可是眼前還拿他們沒轍。勝泰心裡湧起無力感，而這毫無例外會發展到自我厭惡。他試圖脫離那黑暗的情緒泥淖，他的靈魂渴望名為暴力的強烈興奮劑，因為只有暴力才能讓他的注意力，從直視自己內在的黑暗面，轉移到外部。

「會是不得了的一天啊。」

勝泰放下千里馬車窗，從窗縫吹進來的風又濕又熱，就像牛舌舔過臉龐。

「實在受不了。」他推開車門下車。

「我另外跟上，這裡太悶了。」他說道。

「真的嗎？」

「嗯，我回署裡騎哈雷過來。」

表警長因為車裡冷氣外洩而感到心疼似的，馬上關上車門。

33

八月十四日，晚上十點，下班時間交通擁塞接近尾聲的首爾市中心，正處在安靜的躁動中。各個警察署的交通相關科室人員，包括已下班和非勤務中的，大部分都進入總動員狀態。一輛輛巡邏車就像在進行武裝示威，在市中心巡視。漢江各個大橋上的檢查哨已經開始設置路障進行臨檢。從水原、安陽、議政府、軍浦、義王、平澤、楊平、坡州等地，順著國道而來的飆車團體，正在龍山、麻浦、江南、瑞草、九老、蠹島、往十里等地蓄勢待發。新聞媒體的採訪車輛還沒有出現，他們總是在大飆車結束之後才開始吵鬧。即使明知每年都會發生同樣的事情，新聞媒體也不會安排人員到現場採訪，只讓主跑警察廳的記者，在第二天早上根據警方發布的拘捕人數和取締情況，做簡短的新聞稿處理便算了事。光復節前夜，幾個剛入行的菜鳥記者，向新聞編輯臺報告派駐警察局的前輩記者緊張的舉動，不過還沒下達採訪命令。大學生和市民團體只要聚集個五十人都會引來攝影機，畢竟他們會固定在一個地方，訴求議題足以吸引中產階級，並且為了使「畫面」好看，會拿著標語和蠟燭坐下來喊口號。反之，飆車族不僅不容易追上，畫面也不好拍。要在夜間拍攝高速移動的摩托車並不容易，攝影師必須坐在行進的摩托車後座，即使不顧危險地按快門，也很難找到適當的曝光和快門速度。因此，在光復節的前夜，市中心潛伏的緊張只屬於警察和飆車族，普通市民並不知道正在發生什麼事情。

勝泰從加油站出來，正在等待交通號誌變換，背後傳來低沉又強烈的排氣聲，驚得他猛然回過頭看。超過一百輛的豪華摩托車正慢慢減速接近停止線，車隊以哈雷機車為主，其中還有ＢＭＷ、山葉等高級重機。騎士都在四十歲以上，穿戴高級皮夾克和靴子，並且戴著護膝。勝泰熟知這一類的重機同好會。會員通常在週末上午集合，然後到陽平、忠州等地兜風，幾乎不曾在晚上聚集。他們嚴格遵守車道和交通號誌，避免危險駕駛。

一會兒之後，交通號誌一變為綠色，就響起轟隆隆的排氣聲。勝泰配合他們的步調奔馳，他的哈雷很自然地融入車隊當中。他知道車隊要去哪裡，默默地跟在後面。車隊經過孔德洞《韓民族新聞社》旁的小坡，駛向首爾站。停在路邊的巡邏車沒有攔阻他們，有的還向他們揮手。車隊抵達龍山戰爭紀念館前面時，一齊停了下來。有人抽菸，有人從自動販賣機買咖啡喝。騎士摘掉安全帽後，勝泰認出幾個熟人。

「博士，很高興在這裡見到你。」

勝泰走向一名騎士打招呼，那是在狎鷗亭執業的年輕皮膚科醫師。

「哦，朴警衛，什麼時候來的？剛才出發的時候好像沒有見到。」

「是啊，那個……那……」

「晚上在市內跑，別有一番滋味。最近怎麼樣啊？」

「還是老樣子。」

不久之後，領隊拿著從販賣機買的咖啡，一邊講電話，一邊走到人群中間，見到勝泰時顯得很高興。他是在南部轉運站附近經營高爾夫球店的生意人。他把手機放入口袋裡說：

「親自出馬啦。原本想說我們自己解決的。」

「是，剛好偶然經過……」

「剛才接到消息說，凌晨十二點左右才會開始。我們現在正往通報的方向移動，打算從後面追上去，像劈竹竿似的朝中間插進去，將隊伍斷成兩截。那幫送炸醬麵的小混蛋，大概光是聽到我們在後面的引擎聲，就會嚇得尿褲子。」

領隊接著說，警察畢竟要顧忌人權之類的，缺乏果斷和機動性，絕對對付不了那些傢伙。我們不出面不行，必須趁這個機會好好改改他們的壞習慣。其他會員也激動地附和。勝泰從很早以前就知道，這個世界上最痛恨飆車族的就是他們。對他們來說，飆車族以危險駕駛為樂，有礙於落實「健康的」駕駛文化，是製造摩托車不良印象的罪魁禍首。他們曾經去請願立法，希望像歐洲和美國一樣，允許一定排氣量以上的摩托車行駛高速公路，不過連續幾年下來卻連國會的門檻都沒過，就是因為飆車族的緣故。國會議員說輿論不好，根本沒有嘗試過立法。

要想改變法律，就得創造足以改變的條件。

主流社會所發出的訊息，他們立刻讀懂了。這些傑奇博士由於危險才愛上重機，現在他們必須證明重機的安全意識和守法精神，為了達到目的，必須先將自己內心潛伏的海德先生殺掉。[17]大部分的中年重機愛好者，因為不喜歡轎車的安逸，才進入重機世界。對那些坐在高級轎車的皮製座椅上，受到安全帶和安全氣囊保護的同輩人，他們認為是俗人，而自己和那些俗人不一樣。他們頭上包著頭巾，到郊外兜風的時候，就如「俯視」這個字面所示，他們看不起坐在轎車裡的駕駛人。他們自認為是充滿野性、真正的男子漢，而且表現得如此。甚至連老婆嘮叨說不要再冒險時，都能進一步激起他們的大男人自豪感。他們這種自戀、唯我獨尊的意識牢不可破，直到出了一群穿著拖鞋、不戴安全帽，在市區道路

17 這裡是借用英國小說《化身博士》（*Strange Case of Dr. Jekyll and Mr. Hyde*）中，溫文儒雅的傑奇博士擁有另一個人格——邪惡的海德先生，前者是善的代表，後者是惡的化身。

疾行的青少年。他們因為危險而選擇了重機，卻又批評青少年的危險駕駛。每當他們看見飆車族躍上新聞版面時，真正讓他們憤慨的，不是他們的重機不能合法在高速公路上行駛，而是那些毛頭青少年的存在，讓他們降級為摩托車界的俗人。於是，他們為了砸碎失真的鏡子，在光復節前夜聚集在戰爭紀念館前面。不過，有趣的是，他們此刻的興奮並不亞於那些等候大飆車的青少年。儘管是假借引導青少年、落實健康的摩托車文化這些冠冕堂皇的名義，第一次在警方默許下將自己的「愛車」當作「武器」來用，也頗令他們心旌搖盪。

34

光復節大飆車臨近午夜十二點才開始。傑伊用訊息下達第一個集結地：最具有象徵意義的光化門。原本聚集在鷺梁津、佛光洞、蠶島、九老洞、上岩洞、上鳳洞、往十里等地的團體，往光化門方向移動，規模已經相當可觀。在市內的各個巷道，都能見到摩托車飛奔而出、不假思索地加入車隊。傑伊車隊從鷺梁津出發，在銅雀洞附近遇到由二十輛摩托車組成的車隊。

「從哪裡來的？」

跑在最前頭的瓦斯桶問道。他在桶裝瓦斯店送瓦斯，所以大家那麼叫他。

「瑞山！」

「你說哪裡？」

「忠清道瑞山，不知道瑞山嗎？」

他們說晚上九點就從瑞山出發，然後跟在傑伊車隊後面，一起向盤浦大橋方向疾行。擋箭牌先出去擋住交叉路口，讓傑伊車隊能無視交通號誌而奔馳。義警出身的年輕飆車族則乾脆將交叉路信號燈控制箱打開，直接操作起交通信號。車隊在幾個交叉路口挑釁交通警察，但是沒有引起什麼反應。交通警察消極的模樣，鼓舞了飆車族的士氣。這期間有更多陌生的摩托車陸續加入，跟在車隊後面。可以輕易看出，他們不是偶然路過而加入的，因為車身上有各種裝飾品和閃閃發光的ＬＥＤ燈，騎士不時大聲怪叫。雖然遭受圍觀群眾的厲聲咒罵，對於有些人來說儼然是等待已久的慶典和遊行。

那天木蘭也騎著川崎參加。她在當天的飆車中始終和傑伊拉開距離奔馳。我則在可以看到木蘭和傑伊的視野內，緊跟在後面。不時插進車隊的陌生騎士，不懂我們之間的暗號，使得隊伍的行動比平時凌亂。

「今天能來多少輛啊？」

緊靠在我身邊的大小眼問道。大小眼是瓦斯桶的朋友，很久以前就開始和傑伊一起飆車。

「照今天這個氣氛，應該會有一千輛吧？」

瓦斯桶估計道。

「哇靠，叫人他媽的發抖啊。」

興奮的大小眼衝了出去。持螢光棒的傑伊讓他做前掩護。傑伊將注意力放在後面跟來的車隊，並在每個交叉路口適當地安排擋箭牌。大小眼停下摩托車阻擋車流，聽到一輛奧迪汽車按喇叭，隨即抬腳踢飛汽車後視鏡，奧迪司機嚇得蜷縮在車裡。

警方設置的路障幾乎已將光化門封鎖的消息，持續傳來，傑伊立即將集結地改在宗廟前面。文字訊息像波浪一樣傳播開來。順著盤浦大橋橫越漢江時，綁在傑伊摩托車上的黃色旗子被旋風吹落。經過鷺梁津之後，車隊第一次停下來。一名少年跑過去將掛在欄杆上的黃色旗子拿回來，重新綁好。沒有人把這視為不詳的預兆。他們年紀太輕，不相信凶兆這種事。大隊人馬重新動起來，警方雖然在檢查哨設置路障，不過大橋上的車流量很多，無法完全封鎖。

車隊逐漸接近宗廟，奔馳中的摩托車粗估約幾千輛，引擎聲音在兩公里之外都聽得到。嗡嗡嗡，彷彿數萬隻蜜蜂從蜂巢飛出來。嗡、嗡嗡、嗡，車隊越靠近，聲音越來越大，幾乎快到震破耳膜的程度。掛著黃色旗子的摩托車一出現，隊伍中間便讓出一條路，我們也跟隨傑伊通過。集結在宗廟前面的摩托車，光是全部駛出就用了二十多分鐘。男孩的吶喊聲、女孩的怪叫聲、加到最大的排氣聲，還有喧囂的喇叭聲混雜在一起。鐘路街上有等待參加飆車的汽車，也就是汽車暴走。它們就像是摩托車護衛隊，排成一列停在最右邊，打著危險警告燈前進，後面跟著拖吊車、送貨卡車和小型車。駕駛人是已然成年的昔日飆車族。

晚歸的市民表情驚愕，望著大飆車隊伍。大飆車就像是颱風，颱風要來了的消息四處傳散，然後所有人都預知颱風會來，但是沒有人準確地知道會何時、何地突然到來。或許會一夜無事，安然度過。即使運氣不好正面相遇，也很難掌握它的全貌。

擋箭牌現在幾乎是自主移動，不發訊息也可以相互交接前鋒和後衛的職責，阻斷車流。雖然隨處都有巡邏車，不過警察只是遠遠地看著。市中心已經成為飆車族的解放區，害怕的市民不敢招計程車，嫌惡地看著飆車族。正值繁忙時段卻寸步難行的計程車司機，站在路邊破口咒罵：摔車跌破腦袋，一輩子當植物人吧，這群混蛋小子！

大飆車繼續在全市的大馬路上奔馳。市民被轟隆聲嚇到，從夢中驚醒，紛紛打電話到一一二。就這樣，警方的態度在凌晨一點之後開始發生變化。市內各處開始設置路障，原本只觀察動向的警察，開始抓捕擋箭牌。

重機同好會在麻浦警察署附近，遇到大飆車車隊。他們出現在飆車隊伍的後面，飆車少年一開始以為是有意加入的團隊，毫無戒備地讓出道路，不過立刻察覺他們不聽從指揮，也不尊重大飆車的秩序默契。同好會讓排氣量大的重機先行，憑藉力量強行推進，朝著傑伊所在的車隊前方接近。他們以黑色皮革為主的服裝和裝飾物，與飆車族華麗鮮豔的主流裝飾，截然有別。有人大喊「這些傢伙是條子」，車隊立刻向四處散開。幾個飆車少年拎著鋼管靠近，揮舞著威脅同好會。一輛一百CC的摩托車突然擠進重機車群，試圖避開的BMW和哈雷機車失去重心，暴衝到人行道上。其他同好會成員見此情景，驚嚇中想要撤退，卻被蜂擁而上的摩托車擋住，不易從旁抽身而出。

傑伊在過了兒嶺站坡頂時，看到車隊後面的混亂情況。他意識到事態嚴重，放慢速度向後退回。

「怎麼啦？什麼事？」

「媽的，是條子。」

有人對傑伊喊道。

「甩掉他們。」

「知道了。」

此時一輛哈雷機車緊急加速靠近傑伊說：「喂，你是傑伊吧？」

傑伊看向哈雷機車，「誰呀？」

「你不認識我？騎哈雷的條子，朴勝泰警衛。沒聽說過？」

飆車隊的尾端越來越混亂，此時前方似乎也受到阻礙，前進速度慢了下來。

「你說誰？」

吵雜的排氣聲和喇叭聲，使得對話難以進行，對方卻仍然一直叫喊，試圖說話。傳進傑伊耳朵裡的，只有「條子」這個字。傑伊周圍的少年正要圍住朴勝泰，我和木蘭在傑伊機車的前方不遠處。回頭一看，瓦斯桶靠到朴勝泰的哈雷後面，用腳踢重機車尾。這時傑伊緊急加速衝到前面，幾名少年揮舞鋼管瞄準勝泰的背和頭部。然而，重心低的哈雷不容易推倒。勝泰降低速度，才從攻擊中抽身。

傑伊決定往南走。他認為在市中心縱橫馳騁已經足夠，選定警戒鬆懈的江南一帶，作為下一個目的地。不過此時警方採取略具攻擊性的對應。巡邏車排成一列，將擋箭牌推開，並且開始切斷車隊的後尾。

35

傑伊車隊離開後，現場只留下重機同好會會員。會員在攻擊中敗陣，有幾輛重機受到損害，救護車也過來載走傷患。勝泰將哈雷停放一邊，坐在人行道上看著車隊發出轟隆聲遠去，被少年打到的腰部感到痠痛，而停在路邊的哈雷仍然散發著熱氣。他愣坐在人行道路緣，感覺噪音漸漸遠去。皮膚科醫師的ＢＭＷ重機靠過來，他停車問道：

「怎麼了？哪裡受傷了嗎？」

「沒有，沒事。」

皮膚科醫師從機車上下來，拿出香菸並遞給勝泰。

「我不抽菸。」

「衝到跟前，確實有點嚇人。」

「天不怕地不怕，不把死當一回事的傢伙，怎麼鬥得過。」

要說感到害怕，勝泰也一樣。當鋼管朝他肩上和頭上飛過來時，他也感到不安。幸虧是在行進中挨打，所以威力不大。不過要不是他反射性舉起手臂擋住，或許這時就得躺在路上打滾了。其實在警察對飆車族的態度中，勝泰是最溫和的。他向來反對以取締為主的政策，他很清楚，即使逮捕數十、甚至數百人，也制止不了飆車。透過開導和事前取締，逐步減少大飆車級別的飆車，平時的飆車族則以道路交通法規管理，是勝泰一貫的主張。他長時間接觸飆車少年，深知他們並不像網路留言所說的是人間垃圾和混蛋。實際和他們接觸，就會知道他們畢竟只是少年，既單純又膽小。大飆車的前一天，只要發個訊息、加上一點威脅，很多少年就會躲在家裡不敢出門。然而，傑伊卻不一樣。通常只要勝泰接近少年並表明身分，就算是老大也都會畏懼三分，光是警察知道自己的名字，就會讓他們退縮。傑伊一夥人卻敢襲擊他，即使遭受大排氣量的重機攻擊，都能輕易地甩開。

這個傢伙很危險。

過去的幾個月，勝泰有機會查閱關於傑伊的可信資料，已經掌握他在何處出生、如何成長，以及現在如何生活；也和他曾待過的孤兒院院長通過電話，並收到院方送來的紀錄；此外還有很多資料堆放在勝泰的桌子上。特別是從最近收到的資料來看，傑伊不是單純的叛逆少年，他似乎夢想成為麥爾坎・Ｘ[18]一般的政治兼精神領袖。勝泰至今接觸過很多飆車族領隊，傑伊和他們完全不一樣。要帶領數千輛摩托車在首爾街頭穿梭，並不像說的那麼容易，不僅需要對城市的道路和起伏具有動物般的直覺，也必須擁有透視全域的廣闊眼界，甚至要能預測警方會如何應對。傑伊僅僅依靠手勢和訊息等原始手段就做到了。近距離看到的傑伊，他的面貌很難說是十多歲的青少年。勝泰縱然近距離目睹過許多飆車族，當他靠近傑伊那輛綁著黃色旗子、寒酸的一二五ＣＣ摩托車時，都不禁心生敬畏。他甚至覺得，從身後揮打而來的鐵管，像是要懲罰他的不敬。當然，這種敬畏之心在脫離飆車族隊伍之際變弱。勝泰彷彿從輕微的幻覺中清醒過來，迎面而來的卻是難以忍受的空虛，占據了強烈敬畏心所留下的空間，彷彿是感情的宿醉。

「在漢江堵住那些該死的傢伙。」

勝泰的對講機上，傳來首爾地方警察廳指揮室裡震耳欲聾的叫喊聲。不知道職務和姓名的總警級人物，一邊看交通監視系統傳送的畫面，一邊大喊大叫。

「讓他們到江南去的話，你們全給我走著瞧。」

上級長官沒有考量今晚大飆車的規模，只要求無論如何都要堵住。今晚的大飆車規模，勝泰前所未見，不對，應該說比迄今為止見過的最大規模，還要大上三、四倍。就算車隊尾端一再被截斷，他們都能伺機迂迴重新合流，致使氣勢毫不衰減。傑伊在大飆車之前徹

18 Malcolm X，1925～1965，美國黑人民權運動領袖，採取極端路線為非裔族群爭取民權。

底保密，大飆車開始之後則憑藉寬闊的眼界，在市中心各處悠遊穿梭。甚至令人懷疑，在指揮室裡緊盯首爾市內道路狀況的人員中，是否有人提供他情報。

特別工作小組正在梨泰院待命。勝泰騎著哈雷前往。梨泰院是外國軍隊進駐首爾時必定駐紮的戰略要地，清日戰爭時的清朝軍隊如此，韓戰後的美軍也不例外。從梨泰院可以俯瞰漢江，又能輕易前往江北和江南各地。

「從哪裡過橋？就告訴我這個。」

勝泰一和工作小組會合，立刻發訊息詢問。回覆很快就進來了。

「漢南。」

勝泰確認過訊息，便問表警長：

「他們現在在哪裡？」

「大學路一帶。」

「那麼剩不到十分鐘了。是漢南大橋，叫人設置路障，讓一般車輛繞道。盤浦大橋、東湖大橋也一起封鎖。」

特別工作小組全員向漢南大橋移動。他們抵達時，一個義警中隊已經在現場待命，勝泰走到前面說：

「兩人一組，拿警棍衝上去，從兩邊夾擊就行。到了這裡，速度大概就會降下來，不要害怕，直接抓住拽下來。當中有一輛綁著黃旗的摩托車，絕不能讓那個傢伙跑掉，那是個通緝犯。他可能在最前面，以他為目標衝上去，只要抓到他，這該死的大飆車就會結束。抓到的人有休假獎勵，這是廳長的命令。」

36

傑伊打算走漢南大橋到江南，騎到了隊伍前面。原本停在南山二號隧道的巡邏車果斷地出擊，截斷車隊的中段。由於巡邏車是從正前方突擊，差一點和傑伊的摩托車發生碰撞。傑伊憑藉華麗的騎乘技術輕鬆避開巡邏車，重新回到前面。傑伊回頭看一眼，大概有三分之一的隊伍被警方擋住。不過傑伊沒有停下來，仍然朝漢南大橋前進，似乎考慮讓被截斷的車隊，稍後重新合流。傑伊在連接漢南大橋北端的高架道路口停車。

「怎麼啦？」

木蘭問我。

「瞧，橋上到處都是條子。傑伊好像要讓車隊掉頭。」

我對木蘭說。

「他們不是正在過去嗎？」

木蘭用手指指向玉水洞，被巡邏車截斷的後尾正朝玉水洞方向移動，顯然是要改走東湖大橋。傑伊像下定決心似的，搖動螢光棒打出信號：以最高速度從正面衝過去。假如在此撤軍，能留名今天大飆車青史的，將會是到達德黑蘭大路的其他車隊。

「要發生的事情注定會發生。」

傑伊留下這句話，向前衝出去。我和木蘭遲疑一陣，隨即跟上去，其他少年則怪叫著追趕傑伊。大橋入口設了路障，傑伊從人行道繞過去，原本有幾個警察想攔住，不過立刻退開。飆車汽車見到路障，全都原地停下。即使如此，仍有將近一千輛的摩托車跟著傑伊。大家你追我趕地朝漢南大橋方向前行。傑伊並不知道，這一刻首爾全市的巡邏車，正往漢南大橋集結中。

對於警方的路障，傑伊從來不曾當作障礙物認真看待過。警察熱衷設置的三角錐路障，對他來說只是象徵性的裝置，如果實在覺得礙事，下車搬走就是。傑伊從人行道繞過路障，重新回到車道，義警隨即湧向他。傑伊完全不知道自己身上貼著某種懸賞金。他忽左忽右地避開撲上來的義警，跟著他繞過路障的數百輛摩托車緊追在後。義警在混亂中彷徨不定。擋箭牌下車清除三角錐路障，想讓等待中的後方車隊通過，和義警發生了肢體衝突。

路障終於清除後，一千多輛摩托車同時按喇叭，開始蜂擁前進。義警直接面對飆車大海嘯，驚恐地撤退到檢查哨。在路邊等待的飆車汽車也開始前進。飆車隊伍耀武揚威地經過漢南大橋，駛向良才大路，現在已勢不可擋。他們的下一個目標是德黑蘭路。

37

「失守了。」

一直緊盯狀況的表警長洩氣地向勝泰報告。

「下一個集結地是德黑蘭路。從東湖大橋下來的，還有從漢南大橋下來的車隊，會合之後肯定會大鬧德黑蘭路。」

勝泰查看訊息後說道。

「你們這群廢物，無論如何給我阻止他們。」

指揮室又開始咆哮著下達命令。勝泰調低對講機的音量。

「怎麼辦？」表警長問。

「他們肯定會回到江北，在哪裡開始的就想在哪裡結束，鐘路、宗廟或是光化門。那一區道路縱橫交錯，之後又便於解散。今天就算放過其他傢伙，至少要抓住傑伊那小子。這次要是讓他溜掉，明年三一節的摩托車數量，將會達到令我們束手無策的地步。」

勝泰的對講機裡傳來新的指示，他面露難色。

「這太危險了。我無法負責任。」

下達指示的地方太多，指揮體系也處於需要管理的狀態。如果最後出事的話，很可能要現場執行者扛責任。指揮系統和責任歸屬有必要分清楚。一會兒之後，下達了協調後的最終指示。他們和勝泰一樣，問了同樣的問題：誰來負責？

勝泰接到飆車隊伍將向北進發的情報，並且獲知他們要從哪座橋通過——聖水大橋。目前他們雖然沿著良才大路北上，不過隨時可以掉頭駛入聖水大橋。警察開始在聖水大橋上設置路障。

38

傑伊接近聖水大橋，依舊沒有把警方的路障放在心上。然而，如果是雞爪釘路障的話，情況就不一樣了。警方首次動用這種路障來對付飆車族，就是在這一天的聖水大橋上。傑伊先前不曾見過這種路障，也沒有聽說過，這是一個十八歲領隊的局限。

「不要過去比較好。」

我勸阻傑伊。

「為什麼？」

「有不好的預感。」

「我能聽得到。」

傑伊以傳達神諭般的神情說。

「什麼？」

「大橋的靈魂。漢江對我說的話。」

「說了什麼？」

「在呼喚我，說那就是我該去的地方。」

傑伊突然表情痛苦，用手捂住胸口。

「怎麼了？」

木蘭問道。傑伊深吸一口氣，躬身貼向機車手把。他的頭在儀表板上晃動，顯得非常痛苦。

「哪裡不舒服嗎？」

木蘭正要下車走過去，傑伊抬手攔住她，並且伸直腰說：

「現在好多了，有時會這樣。」

傑伊回頭看了一眼跟在後面的車隊情況。他的眉頭再次緊皺，看起來還是很痛，不過他像是下定決心，將手臂伸直抓住機車把手。傑伊和擋箭牌一起駛上大橋，木蘭也跟在後面。巡邏車的前車燈以遠光燈正面對準傑伊。雖然是令人睜不開眼睛的強烈光芒，傑伊也沒有退縮，繼續向前駛去。警察手持擴音器叫喊，不立即停車就會馬上逮捕。另有警察以兩列縱隊移動，手持三截警棍撲向傑伊。

傑伊的摩托車輪胎被雞爪釘刺破，是在距離大橋中間不遠的地方。車體急速失去重心，滑向人行道，如同一枚無力滾動的硬幣，歪歪斜斜地搖晃。傑伊的本田撞擊人行道路緣後，彈飛到大橋欄杆上。那一瞬間，傑伊的身體宛如從孩子手中脫落的氦氣球，緩緩地向上飛起來。

傑伊在虛空中迴轉，他的視網膜上映照出向他大張其口的黑色江水、橋上絢麗輝映的照明、巡邏車的燈光，還有停在江邊道路上一長列汽車的紅色煞車燈，這些共同編織成凌亂的圖像。傑伊意識到自己的靈魂正在離開肉體，同時感覺到與過去的體驗完全不同。或許會離開很久也說不定，或許會無處附身而一直漫遊也說不定。他因此預感，這將會使他幻化為完全不同的存在。

傑伊再也感覺不到重力，也感覺不到江水的冰涼、下墜的速度和窒息般的恐懼。他不斷往高處飛去，視線朝下看到了橋上的情景：數十輛摩托車跟隨他衝撞警方防線時爆胎而翻車，其中有木蘭和大小眼。木蘭滿臉是血，在水泥地上掙扎。傑伊想伸出手，但是身體卻有心無力，不，所謂的身體似乎已經不存在。飆車隊伍發現前路被堵，往反方向掉頭，蠕動的模樣看起來就像蚯蚓被撒上鹽巴。抓住勝機的警察開始展開追趕。傑伊轉移視線，遠遠地看見自己誕生的高速客運轉運站輪廓，身邊彷彿響起清晨正準備出發的客車引擎空轉聲。傑伊心裡想著，說不定自己的靈魂會附身在高速客運轉運站。

39

「一開始不知道是傑伊，只看見有一個人飛上去，是真的。媽的，都快瘋了。」

那一天，在聖水大橋南端的數百名飆車族，宣稱自己目睹了傑伊升天的場面。他們說從天上降下一束光，將傑伊拉了上去。飆車族的證詞相差不大：凌晨三點左右，莫名的光束從天而降，有個模糊的形體順著光束往上爬，他們相信那就是傑伊。甚至當時在聖水大橋上的部分義警，也聲稱自己親眼目睹，並且在網路上寫道：

「張開白色的翅膀飛上去，我確實看到了。頭髮很長，個子也很高。」

現場用手機拍下的照片連焦點都沒對準，只是黑漆漆的夜空，頂多加上一些白光隱現，僅此而已。許多開車經過奧林匹克大路的駕駛人，也在車內目睹當時的狀況。部分天主教信徒主張，在八月十五日聖母升天紀念日這一天，聖母降臨在這方土地。

勝泰當時也在聖水大橋上。他從少年隨風飄飛的長髮間隙，看到一張扭曲而痛苦的臉龐。當少年的手脫離摩托車把手，和車子一起越過欄杆，開始往下掉落江面時，勝泰閉上了眼睛。

「升天？您不會相信網路上的那些流言吧？沒有那種事。」

勝泰第二天回到警署，這麼對保安科長說。

「我不是說我也在現場嗎？在我眼皮底下發生的事情，我還看不到嗎？」

保安科長一邊挖耳屎一邊說道。

「升天怎麼會在我們眼皮底下發生，要發生也是在頭頂上。」

潛水夫打撈到落入江水的摩托車，至於屍體始終沒有尋獲。警方在第二天做了光復節大飆車的簡報：失蹤一人、飆車族受傷六人、警察受傷十五人、拘捕一百二十七人。在市中心發生的大飆車，警方採取了機智的有效應對，因此得以在初期制止大規模擾亂秩序的行為，這個才是重點。然而，批評飆車族的新聞寫道：「瘋狂的飆車，要忍耐到何時？」批評警方的新聞則是：「警察處理過當，引發關於人權侵害的爭論。」相關的新聞報導暴增，留言達數百條，憎惡像江水般洶湧，只是兩天之後就被其他新聞取代。於是這場光復節大飆車沒有引起太多關注，靜靜地被掩埋掉了。夏季正在遠去，出國度假歸來的人們在仁川機場外面，提著免稅店購物袋等候計程車。

從事實出發的不一定都是事實，從想像出發的也不見得都是虛構，這就是小說的世界。

瑞典詩人湯瑪斯．特朗斯特羅默（Tomas Tranströmer）一生中所寫的詩作並不多。在他兩百首左右的創作中，我喜歡〈完成一半的天國〉，這首詩的結尾是：

每個人都是一道通往每個人房間的半開之門。
無垠的地面在我們腳下。
水在樹林間閃耀。
湖泊是望向大地的窗口。

我讀詩時的感覺是，以北歐特有的針葉林環繞湖泊風光為背景，在上面不經意地放上對於人生的洞察。「每個人都是一道通往每個人房間的半開之門」，門是半開的描述很奇妙，既不是關上，也不是完全敞開，一不留意就會忽略而經過。然而，小心翼翼地打開進去之後，那裡會有另一個世界。

我第一次接觸到傑伊，是在四年前。我有一個大學時期交往過一年左右的女朋友（姑且稱為Y吧），她外表看起來精明又活潑，內心卻細膩又溫暖，是我所屬的文學社團中的新生。我喜歡小說，而她對詩歌更感興趣。我們的戀情沒有持續太久便告結束，畢業後彼此音訊全無。日後她讀到關於我長篇小說的訪談，才寄電子郵件給我。我按她在郵件中留下的號碼，打電話給她。她很高興，說曾經擔心郵件無法寄到。她在學生時期就很關心政治，畢業後有段時間曾經加入一個社會團體。然後她發揮所學和專業，在編纂國語教材的出版社工作了很長時間。她從出版社辭職後，在一個關懷青少年的團體工作。她說我寫的小說她全都讀過。

「裡面還有我呢。」

她主張小說登場人物中，有以她為原型的角色。

「好像沒有吧。」

我笑著反駁。

「明明有。」

「作者都說沒有了，妳還不相信。」

「難道作者就完全了解自己的小說？也有可能是無意識中寫的嘛。」

好，就算是吧，我退讓一步。正如Y所說的，即使是作者也無法完美地控制作品。再說，我也並非全部都記得。我因此感到好奇。

「是在哪裡登場的人物？」

「這個嘛，不能由我親口說出來。」

我的小說中有哪個人物和她相像？她始終沒有說出來，而這就成為需要我去尋找和推敲的疑問。假如一定要找，也不是找不出來，只是我覺得沒有什麼意義。因為偶爾會有素未謀面的讀者，主張自己是我小說中人物的原型。好像有人說過，所謂人生，充其量不過是一本比讀過的小說記得更清楚一點的書。比起她認為哪個人物是自己，我更感興趣的是，記憶中已然模糊，與她共同度過的那一年。

「結婚了嗎？」

對我的提問，她遲疑一下才說正和丈夫分居。他們沒有生小孩。聽她說了才知道，我也認識她先生，我們曾經短暫參與同一個社團活動。雖然他總是一副冷淡、嘲諷的優等生模樣，不過頗讓人意外的是，他從大學時期開始，和女人牽扯的負面傳聞就不曾間斷過。Y不想繼續這個話題，開始說起自己正在做的工作。她每週都會到元曉大橋橋下，輔導飆車少年。她所屬的團體已經做了好幾年。這個團體同時經營一間讓蹺家青少年可以短暫停留的休憩所。

「你要是對這裡感興趣的話，就來玩吧。我們的志工人都很好。」

那就是「半開之門」，只是我當時並不知道。

「休憩所有缺什麼東西嗎？」

「啊，不久前傳真機壞了。家裡要是有不用的傳真機，送給我們如何？這年頭雖然沒什麼人用傳真機，不過我們還在用。」

我家社區後面有一個歷史悠久的跳蚤市場。我在位於新堂洞中央市場和城東工業高中之間的一個地攤，買了一輛二手傳真機，拎著就去了。休憩所是由兩層的西式樓房改建，二樓讓蹺家少女借宿，樓下則是Y和其他志工的辦公室。

「室長前男友」來訪，青年志工感到新奇之餘，也很歡迎我。當我拿出傳真機和橘子，他們對我的好感似乎又增加了。我們一起剝橘子吃，東拉西扯閒聊。一開始的輕快氣氛，很快就變得沉重。Y的團體正面臨營運困難。從一臺二手傳真機都不能輕易配備的狀況，可以猜到。主要因素是首爾市的支援大幅減少，加上很少有企業願意資助涉及逃家青少年和飆車族的活動，他們判斷那對於企業形象沒有幫助。

「我本來就對這方面比較關心。」

我翻看團體的通訊刊物說。

「是嗎？」

「我以前寫過一篇叫〈非常口〉的小說，讀過嗎？竊盜少年的故事。」

「啊，那個，哦，有點震撼啊。什麼小說一開頭就……」

她頑皮地打個冷顫。Y的習慣和神態雖然一如我記憶中，不過外表卻判若兩人。記憶中的Y是二十多歲，有著嬰兒肥的臉龐。眼前的Y卻是面頰凹陷，乾瘦的中年女性，僵硬而陌生。我突然覺得在眼前的不是Y，而是扮演Y的演員。

「在這裡應該看過更嚴重的事吧？」

「嗯，不過看小說衝擊更大。總覺得文學似乎應該處理更高尚的問題，不是有這麼一說嗎？」

「其實，我寫完就扔到抽屜裡放了六個多月，想說是無法發表的小說。有一次，截稿時間過了好些日子，可是一行都寫不出來，覺得這樣下去沒辦法交差，就把那個稿子拿給朋友看。朋友看完了叫我發表，所以鼓足勇氣寄到出版社。那類孩子的故事，當時誰都沒有寫過。」

「最初是怎麼開始寫的？」

「盧泰愚政權時期搞過什麼『與犯罪的戰爭』，莫名其妙地規定過了午夜就禁止賣酒。」

「對，那個禁酒令時代。一過午夜二十點就成了招攬客人的世界。大哥、大姊想不想再喝一杯？然後把人騙到地下三層的祕密酒吧，凌晨四點前都不讓出去，在嗆人的菸霧中花大錢喝酒。」

「當時新村有一個很有名的拉客女，綽號叫『綠色枕頭』。這個小女生總是在手臂上夾一個綠色枕頭，很多人被綠色枕頭誘惑，她說要去酒吧或燒酒館，就跟著她走。不過一進去就看不到她啦，因為她還要出去招攬其他客人。有一天晚上，我看著一個綠色枕頭突然浮現一個形象，提筆寫的就是〈非常口〉。」

「我們這裡的孩子，把他們的故事寫成小說，應該很不錯。試看看吧，我們幫你。」

Y小心翼翼地說。我經常聽到人們說，自己的人生不只可以寫一本小說。不過，小說家與其說對人生感興趣，不如說是對可以寫成小說的人生感興趣。即使如此，我還是一反常態地隨聲附和說：

「是嗎？要是有有趣的孩子，就介紹給我吧。」

身邊的志工異口同聲地說了一個名字。

「見見東奎吧。」

「他也是飆車族嗎？」

「……曾經是，現在不騎了。」

變節者和出走者發展出有趣的故事，這種情況很常見。我突然被吊起胃口，請求幫我約訪談時間。

那個時候，東奎住在加油站，並且在那裡打工。我對他的第一印象是封閉而陰暗，是個關上所有心靈之門的少年。如果第一次去時Y沒有同行，我想他可能不會見我。Y一見到東奎，就跑過去深情地擁抱他。Y應該經常那麼做，因為東奎並未驚慌失措，也張開雙臂擁抱她。我驀然想起和Y在一起時的昔日光景。如今建起校友會館的學校東門，附近有一個山坡，從前叫「屠格涅夫山坡」。據說詩人尹東柱很喜歡那個地方，不過未曾證實過。山坡上零零落落地種著松樹，可以看到車輛從女子大學後門前方的馬路經過。每到春天便開滿杜鵑花，接下來則是紫丁香。我們走到山坡上人跡罕至之處，一起消磨時間，抱在一起，偶爾還接吻。

Y應該做夢也想不到我當時想著這些事。她介紹東奎給我，東奎漠然地對我點點頭。Y另有事情很快就離開，我和東奎一起去吃披薩。東奎剛開始有點拘謹，我好整以暇地等待。從我的經驗來看，內向的人一旦開口說話，更容易和盤托出。

「您想聽什麼呢？」

「這個嘛，嗯，什麼都好。」

東奎眼中泛起懷疑的神情，不過立即隱藏起來。我們來回進行了幾次問答，但是當天的談話沒有太大的進展。不過，東奎給了我留下一種印象，如果他有話要說，會願意繼續和我交談。當我提出再次見面時，東奎沒有拒絕。一週後我又去東奎工作的加油站找他，談話還是在披薩店進行。我首先問起他的童年，聽到了失語症、媽媽不倫、爸爸再婚，以及由此激起的矛盾。不過，談話逐漸從東奎自己的故事，轉變成他朋友傑伊的故事。

「為什麼總是說起傑伊？我是想聽你的故事……」

「傑伊就是我。」

「這是什麼意思？」

「不知道，很難說清楚。總之，我必須講傑伊的事情。」

東奎寫日記，這在同齡孩子中很少見。不只是日記，所有事情他都有記錄的習慣。可能是因為這一點，即使是小時候的事情，他都能像背書一樣準確地說出來。偶爾年份和日子發生混淆，他就翻一翻筆記本，卻從來沒有修正過，說明他的記憶很準確。

此後我又見過東奎兩次，聽到他本人和傑伊的故事。最後一次見面的那一天，我再次向他確認：

「我到目前為止所聽到的，寫成小說也可以嗎？」

「可以，傑伊的故事需要有人寫下來。」

「為什麼？」

「傑伊有一次說，有人會將他的故事記錄下來。」

「他不是在指你嗎？」

「也有可能，不過以傑伊的性格，他所希望的不會是我這種人所寫的日記。傑伊相信自己在做了不起的事情。他認為自己是在名為世界的圖畫紙上，用數千輛摩托車畫畫。他說那是一種藝術。說到這個，傑伊也說日食是一種藝術，雖然月亮只在一瞬間遮住太陽，但是外國人為了觀看那『一瞬間』，不惜請假出國觀看。」

「好像是在說表演或環境藝術。傑伊真的懂這些嗎？」

「傑伊讀很多書。現在的人什麼書都會丟掉。他應該懂。他很聰明，而且絕對不是小流氓。」

東奎像罹患心臟病的孩子，喘著粗氣費勁地接下去說。

「我……有些話說出來怕被人當作瘋子，不太愛講。」

「是什麼？」

「最近老是聽到傑伊的聲音。」

「他說什麼？」

「倒是沒有新的。都是他以前講過的，就像播放答錄機再聽一遍。」

「我也經常聽到我小說中人物說的話。坐著發呆時，有時候會以為有人在和我說話，轉過頭去卻沒有人在。一想，原來是幾天前我寫過的對話。」

東奎臉上露出不滿，像是因為遺憾自己的話沒有得到充分理解。

「我的很真實，是能在睡夢中驚醒的程度。有時候走路時也聽得到。」

「最常聽到的話是什麼？」

「要發生的事情注定會發生。」

「是傑伊說過的話吧？是什麼意思呢？」

「我不知道。不過每次聽到這句話時，都能感覺到傑伊原諒了我。」

我接下來見的是木蘭。我去醫院找她。她一直到最後一刻都和傑伊待在一起，被雞爪釘傷到視神經，導致右眼失明。醫生說左眼視神經完好無損，已屬萬幸。木蘭為了診察和復健定期去醫院。她的電影製作人父親，由於接二連三的票房失利，如今已不再從事電影製作。他以警察執法過度，向國家提起訴訟。我雖然想見他一面，不過他沒有同意。

木蘭與東奎的描述沒有太大不同，雖然算不上是典型美人，卻具有一種獨特的不協調，能一下子吸引人們的目光。近來的女孩長得越來越像，木蘭和她們確實不一樣。

「請問您想要什麼？」

木蘭開口就這麼問。

「沒有什麼特別想要的。」

「騙人。」

木蘭拒絕任何深入的談話。她曾經聽爸爸說過，有一類人專門「獵取」別人的故事，套出別人曲曲折折的故事，隨意用在電影中，過後吃乾抹淨。然而，我該如何使她相信我不是那樣的人？我對自己其實都還不太了解。

「該知道的東奎都說過。」

「那為什麼還來找我？」

「有些話不好問東奎。」

木蘭此時才顯露興致，抬起頭來看著我。

「最後的時刻，東奎在什麼地方？」

「這裡有點悶，可以去外面嗎？」

我們走到連接醫院三樓的寬敞散步空間。

「有菸嗎？」

「沒有，戒了。」

「什麼作家連菸都不抽的？」

「買給妳嗎？」

「好。」

「哪種？」

「萬寶路。」

我買菸回去時，木蘭已經不見了。我打過幾次東奎給的電話號碼，不過沒有打通。我決定不再打擾她，那盒萬寶路至今還放在我的書桌上。

我先根據東奎的陳述和紀錄，寫了小說的前部，是關於傑伊的出生和東奎的失語症部分。至此還算順利，不過此後就再也無法開展，只好先放在一邊，埋頭於其他的稿子上。一年之後，有一天覺得這部小說果然不可能進行下去，就將沒有寫完的小說收進抽屜裡。

就在這個時候，我生出不如和朴勝泰警衛見面的想法。打聽之下，看到Y的團體網站論壇上刊登了一則公告，宣傳要在一所女子大學召開有關飆車青少年的研討會，樸勝泰將應邀出席。那是教育學者、社會運動者、青少年時飆過車的大學生，還有警察等人聚在一起討論政策的場合。

朴勝泰警衛大約三十五、六歲，身材結實，臉上稜角分明，皮革材質的黑色摩托車夾克就像一件鎧甲。聽說他的業務是外交事務，不過一直很關心飆車青少年，經常參與這方面的工作。負責外交事務的警察，大多精通外語且能力優秀，神態中顯露出自信。根據事先在網路上搜尋到的資料得知，他已經多次接受媒體有關飆車族的訪談。因此當我自我介紹說是作家，希望做訪談時，他並沒有警戒的神態。

「有特別想知道的部分嗎？」

他遞過名片時問道。他的眼神雖然帶著笑意，目光卻很犀利，應該是職業訓練的結果。

「傑伊。」

「您說誰？」

「您不認識傑伊？」

他流露出懷疑、驚訝，以及有點失望的複雜表情。

他的眉頭緊皺。

「我不知道您在哪裡聽到了什麼傳聞，但我不認識叫傑伊的人。」

「是在私人關係上不認識？還是根本沒有聽說過？」

他像是要探究我的真意，盯著我看了一會兒，接著輕歎一口氣。

「您真的是作家嗎？」

「是，要不要送您幾本？」

「打算寫成小說嗎？」

「會進行加工的。大家會將小說家寫的東西當作故事看待。」

「那個，如果對小道消息感興趣的話，我倒是可以說兩句，不過……」

「對於整個飆車文化，也想聽聽朴警衛您的高見。」

第二天，我按照他給的號碼打電話過去時，他的態度已然不同。他似乎搜尋且調查過我，變得比較和氣，看似已經確信我不是那種以揭露事實為目的的紀實文學作家。我們在一間有關東煮的小酒館碰面。我致贈了幾本我寫的小說，他不太情願地接過，放進手提包裡，也沒有要求簽名。

「謝謝，我會拜讀。」

我們談話的主題當然是傑伊。朴警衛詳細地跟我說他所知道的傑伊。

「聽說您見過東奎了？他父親是我們的人。我在警方通訊網打聽傑伊的情報，那位就立刻找上門。他說傑伊家曾經租過他家的房子，和他兒子是好朋友。我很快就掌握到傑伊的資料。坊間傳聞說根本沒有傑伊這號人物，不對，確實有傑伊這個人。無論如何，光復節大飆車之前，我們為了逮捕傑伊四處搜查。當然，最先抓到的是東奎，那個傢伙很配合。」

「他們是朋友，為什麼會配合警方？」

「他覺得那是幫助傑伊的方法吧。那時傑伊的精神越來越不正常。您應該知道，大飆車前夕他襲擊過派出所吧？不僅如此，聽說他無法容忍其他少年挑戰他，對他們相當殘酷。對於已經陷入誇大妄想中的傑伊，東奎似乎認為有必要將他拉回來，因此打算以自己的方式來幫助傑伊。不過，就到這裡為止了。」

「為什麼到這裡為止？」

「也就是說，到這裡為止的不是神話。說什麼突破警方防線時掉進漢江，隨後又升天了；說什麼會再次現身，都是鬼扯。不會把這些寫進小說吧？啊，因為是小說，要寫也可以。好，請寫吧，有什麼關係。」

「您是說傑伊確實在聖水大橋上？不過此後的事情不可信，是這意思吧？」

「是的。」

「那麼，傑伊去哪裡了？」

「在什麼地方躲起來了吧。不是還在通緝中嗎？他很有可能這樣。他的出生就不太尋常。在孤兒院時，附近發生的縱火案其實也有可疑的地方。之後又回到首爾孤身流浪，後來甚至還嚼生米過活。說不定他現在偽裝成流浪漢，在某個地方生活呢。不仔細看，還以為是大人。」

「東奎配合到什麼程度？」

「因為有好幾個團隊混在一起飆車，傑伊車隊的移動情況，對我們來說最重要。東奎緊跟傑伊，隨時告訴我們車隊的移動情況。」

朴警衛冷笑。

「您在橋上真的什麼都沒有看到嗎？有數百人說看到升天。您不是就在跟前嗎？」

「還真寫起小說了啊。」

他將燒酒一飲而盡，接著說：

「我只拜託一件事。寫作是作家您的自由，可是千萬不要美化飆車族。他們都是可憐的孩子。我不理解他們的心情嗎？像我這麼理解的，全大韓民國估計沒有了。可是，太危險了。全身癱瘓被抬走的少年，我見到的還少嗎？都是一時胡鬧罷了。」

此後我還多次和朴警衛一起喝酒。不同於一開始的冷淡態度，他也有溫柔的一面。酒喝多的日子，還會說出我不曾期待的心裡話。

「在我的小說裡有可能出現和警衛您相像的人物，沒關係吧？」

「只要不是一眼就能猜出是我的程度，當然沒關係。」

當然，即使沒有取得他的同意，我也會以某種形態將他寫進小說當中。臨別時，我問了深藏在心裡已久的問題：

「對於傑伊的遭遇，您沒有過罪惡感嗎？死亡的可能性不是很大嗎？還有那個路障，有個女孩一隻眼睛失明，還有好幾個少年受傷。」

他彷彿要把我看穿似的瞪著我，這麼說道：

「第一，那不是我一個人做的決定。對於集體擾亂秩序，給市民造成傷害的行為，警方的應對原則必須堅定。第二，他們願意承受。當他們拒絕佩戴安全帽，來到大街上的那一刻，就已經將生死置之度外。而且，這讓他們年輕的雄性魅力倍增。不是有綜藝節目發起活動，想讓他們佩戴安全帽嗎？用一句話說，這不就是笑話嗎？官方的解釋到此為止。不過，我還想跟作家先生再說一句。」

「請說。」

「我，不，我們警察是非常必要的存在。」

「對什麼來說？是說維持秩序方面嗎？」

「不，不是那方面。您是作家，還以為您很了解。實際上，並非是在錯誤的時間、出現在錯誤的地方，而是在必要的時間、出現在必要的地方，因為有我們，事情才得以解決。」

「所以完全沒有罪惡感？」

「是的。」

他先從座位上起身，我們在酒館外面握手道別。他咯噔咯噔地走遠，突然折回來說：

「對了，還有一件事想說。」

他用手摸摸頭上的短髮。

「其實，見到了。」

「什麼？」

「傑伊升天的事，往天上去了。」

他用手指指向虛空。

「您覺得那是什麼？」

「飛碟不也是集體目睹到的嗎。我想是差不多的事情。」

一群嘈雜的年輕人從我們身邊像海浪一樣撲過來，忙亂中我們再次握手道別。

此後我雖然又和幾名飆車族見過面，不過只有收集到關於傑伊的各種傳聞。我書桌上的資料越堆越多，寫作反而沒有進展。對於應該如何展開故事，感到很茫然。光是開頭就修改十多次後中斷。不過，隨時想到什麼，還是繼續做筆記。時序進入新的一年，我在海外滯留的期間，傑伊的故事仍然沒有明顯進展，就這樣擱置在一旁。

然後有一天，我收到Y從首爾寄來的一封簡短郵件。信裡面寫著，東奎在父親說服下回家準備學力鑑定考試，在凌晨和木蘭通了很長時間的電話後，隨即以燒酒配毒藥，自殺身亡。

我取出抽屜裡的原稿，在書桌上鋪開。原稿像不受歡迎的客人，被冷落在那裡。在東奎自殺的當口，繼續把小說寫下去，覺得很不近人情。我想重讀一遍，雖然翻了幾頁，卻無法翻過有關東奎的部分，只好半途而廢。我們一起談過那麼多，卻無法阻止這件事情，罪惡感油然而生。小說，也就是說小說家，到底能做什麼？

就這樣又過了幾個月。那是無所事事的時光。美國雕塑家史蒂芬·德·史塔布勒（Stephen De Staebler）曾經說過：「直到停止創作的痛苦超越了創作的痛苦，藝術家才會開始創作。」我一直到了不寫點什麼就無法忍受的臨界點，才再次打開抽屜取出原稿。先從以前記下的筆記開始讀起，接著每天持續寫一定的分量。我可以感覺到速度慢慢在加快。春天的花開了又謝，夏天來了。當盛夏的酷熱正在退卻之際，不經意中一看，原稿竟然到了兩部長篇的分量。微妙的是，不知為何我心裡並不痛快。每天寫作、完成預定的分量，這段時間以來已經成為重要的工作。我熄滅內心深處的懷疑火星，默默地寫下當天的配額。

「還順利嗎？」

許久沒有通話的Y，首先問起小說的進度。Y聽了我的情況，一時沒有說話，然後說道：

「……聽就行了。」

「什麼？」

「會說話的，我是說你的人物。閉上嘴巴，仔細聆聽。」

心情像是心中某個沉重的東西　一聲掉落。我決定只保留核心人物的故事，其他少年的故事一律刪除，算是重新回到原來的出發點。根據東奎所記錄的部分，開始重新架構。將枝節的故事通篇刪除，隨即感覺吸呼順暢。內容各處仍有沒有交待的空白，但我決定就那麼處理，完整交待細節感覺上和這本小說不相配。我將整理好的初稿，首先寄給Y。

「妳先讀看看。若是妳說不要出版，就不會出。畢竟妳比我客觀，如果可能對孩子造成任何問題，我會放棄。」

過了幾天，收到Y的回信。她說已經看完書稿，覺得不會有什麼問題。有意思的是她接下來的話。

「對了，我們這裡有一位志工老師，知道你正在將傑伊的故事寫成小說。那一位跟我要了你的電子信箱，我給了，沒關係吧？應該很快就會寄信給你。」

幾天後，自稱是「陳」的女人寄來一封郵件，信中說想談談傑伊的故事。我打開附加郵件，一口氣讀完，裡面的傑伊形象，我在之前的訪談和材料中都不曾見過。我原本想將郵件內容放進已經完成的原稿中，不過找不到自然又合適的段落，而且似乎也沒必要那麼做。因此，我把文章略做修改，附加在最後。

雖然已經是春天，天氣卻像冬季一樣寒冷。那個四月的某一天，有個女人出門倒垃圾，發現一個少年蜷縮身體靠在她家牆腳下。她心裡想是不是凍死了，站在少年的腳尖旁邊，低頭看了好一陣子。髒鞋子突然抽動一下。少年感覺到她的氣息，吃力地睜開眼睛。少年就像等待餵食的流浪貓，抬頭仰視她。視線的角度剛好如此。巧合的是，女人養的貓不久前死於腸炎。

「進去吧，暖暖身子再吃點東西。」

女人將少年帶進屋內，給他熱騰騰的飯和湯，又煎了荷包蛋，少年總共吃了五顆。身體暖和下來的少年，洗過熱水澡，就躺在客廳沙發上閉上眼睛。少年在她家住了幾天，恢復氣力。他的臉頰變得紅潤，也開始一天天長肉。然而，有一天晚上，少年偷走女人的錢包和貴重物品逃跑了。女人打電話到信用卡公司，申請掛失停用時，發現已經有消費紀錄，說是在明洞買了衣服。

「請問信用卡是在哪裡遺失的？」客服人員詢問。

女人謊稱在路上和錢包一起掉的。她無法理解受到這般溫暖款待的少年，到底基於什麼理由轉眼間變成小偷。她不喜歡「人類本來就不可相信」這種過於簡單的結論。然而，由於她避開明顯可見的答案，那些沒有得到解釋的疑惑，就像搬家後沒有打開的行李一樣，堆放在她的心中。她打起精神，雖然覺得鬱悶、覺得委屈，也只能往心裡吞。她不想變得和媽媽一樣，把所有事情都歸罪到別人頭上。媽媽，受過教育的女性要有受過教育的解決辦法，無論有多難都不能放棄，因為在放棄的那一刻，就會變成無知的大嬸。她去了醫院。對於她的失眠，精神科醫師開了抗憂鬱處方。她像個「受過教育的女性」，決定服用美國食品藥物管理局認證的藥品。

一年過去，春天又來了。她晚上赴約後回家時，在家門前的石牆停下腳步。一個少年蜷縮著身體，倚在牆邊睡著了。這是什麼呀？是人生對自己的殘酷嘲弄嗎？一開始她以為是之前的少年小偷回來了。他把臉埋在雙膝間睡著的姿勢，背和肩膀的模樣，甚至坐的地方，看起來都和先前一樣。她向下凝視少年的肩膀，接著慌忙走進家裡。少年沒有醒過來，說不定已經死了。女人一邊做事，偶爾向窗外望去，不過從她的角度看不到牆的另一端。季節交替時，早晚溫差大。夜越深，氣溫降得越快。

「媽，是我。」

她在午夜時打電話給母親。

「現在幾點了?」

「睡了?」

「只是躺著。剛才批改了試卷。」

「今年的學生還好嗎?」

「什麼事啊?這大半夜的。」

「沒事。」

「不該經歷的事情,索性不要經歷,會比較好。」

「沒頭沒腦的,說什麼呢?」

「雖然不清楚是什麼事,不過,對於要不要做有所猶豫的話,最好不要做。」

「都說沒事了。拜託,不要假裝有什麼感應,媽,我沒有那種能力。」

「我有。」

「我突然想到,才打了電話。好啦,睡吧。」

「原諒妳老公吧,那才像樣。」

她把電話扔到沙發上,接著大聲吼叫。

「啊啊啊啊啊!啊啊啊啊!啊啊啊啊啊!」

她關上電視,到床上躺下。心臟跳得太快,以至於無法入睡。她吞下一顆鎮靜劑,又回到床上,不過心情不僅沒有舒緩,反而還有點暈眩。搖晃窗戶的風聲越來越大。她突然想起蜷縮身體靠在牆腳的孩子。乾脆報警吧?

對於失眠的人來說，清晨像永恆一樣漫長。心情就像一個天天遭受法庭傳喚的被告，運氣好的日子，有可能不會進行審理，不過依舊需要出庭。在這場沒有律師的審問中，檢察官正是她自己。這名檢察官對一切瞭若指掌，不停追問，苛刻的審問斷斷續續持續進行，不知不覺中東方漸白。這個過程每夜都在重複。無論經歷多少次，永遠都無法習慣的就是失眠。每當這時她都會想，基督教所說的煉獄，是不是就是我生活的這個世界?

她突然起身走到屋外。少年仍然倚在牆腳一動不動。她用右手食指推少年的肩膀。

「喂!」

少年顫抖著身體抬起頭。防盜保全燈映照下的少年，不是她記憶中的人。她在慶幸之餘，也有些許的失望。

「你是誰?爲什麼在這裡?要待一整晚嗎?」

「……」

「你這樣會凍死的。不是只有冬天能凍死人。」

「對不起，我去別的地方。」

她說了一年前同樣的話。

「進去吧，暖暖身子再吃點東西。」

「不必了，阿姨，我沒關係。」

「我有關係。別這樣，進去吧，快點！」

少年直起身，久坐而變得僵硬的關節，像張開的扇骨一節一節打開，似乎還發出咯聲。

「真的沒關係，我有地方可去。」

少年固執地搖搖頭，像是要辨別方向似的左顧右盼。

「有地方可去的人，會在這裡睡覺嗎？你喝酒了？」

「沒有。」

寒氣透進針織開襟衫，使她瑟瑟發抖。

「我冷得受不了了。過來，快點。」

她抓住少年的手臂，把他拉進家裡。此時，少年才勉強跟著她走。少年的身上有一股惡臭，彷彿剛從下水道走出來，剛才在外面沒有聞到。她用電磁爐煮熟冷凍水餃，和熱柚子茶一起端上桌。少年一口氣吃掉水餃，然後很快清空放在咖啡桌上的一籃橘子。她在準備食物時偷偷地觀察少年，鼓起臉頰吃東西的模樣令人欣慰。不過，一年前的那個少年也曾這樣。他早晚也會偷走她的錢包，回到他原本的地方。

「叫什麼名字？」她問。

「為什麼想知道？」

「沒有名字嗎？」

「哪有人沒有名字？」

「所以才問你叫什麼名字。怎麼了，名字不能說？」

難道是犯罪了嗎？她偷偷將水槽上的菜刀拿起來，放到抽屜裡。

「傑伊。」

「很好聽的名字。」

說不定是假名。

「身上暖和點了嗎？」

她靠近沙發盯著少年看。那是一副很難一眼看穿的面孔。

「有。不過，阿姨……」

「怎麼了？還要茶嗎？」

「對不起，我能看一下電視嗎？」

「有什麼要看的嗎？現在時間那麼早。」

「英超，可能有英格蘭超級聯賽。」

「那是什麼？」

「足球，您不知道嗎？」

「是嗎？我是體育白痴。」

「曼聯對兵工廠，是頂尖對決。」

「好，可以。不過，先去洗澡，就讓你看。」

女人一說完要他先去洗澡，傑伊就抬頭看著她。女人立即察覺到傑伊眼神中的涵意，似乎是想要探查是否有隱藏的意圖。這個少年顯然知道洗澡這句話，包含了性暗示。女人故意忽視傑伊的目光。

「你身上有味道。」

「沒有換洗的衣服。」

「衣服有，不過不知道合不合身。我會放到浴室門口。」

女人恨不得將傑伊的髒衣服扔進洗衣機，放一大把洗衣粉進去，暢快地洗乾淨。那是近乎原始的衝動。看到髒水從洗衣機排水管汩汩而出，心情似乎也能變得舒暢。然而，要是這麼做，少年可能無法馬上離開。她有點後悔叫他去洗澡，不過隨即搖搖頭，接著把傑伊脫下來的衣服扔進洗衣機。她從衣櫥取出另一個少年一年前穿過的衣服，放在浴室前面。

「衣服有點大。」

傑伊小心翼翼地擦乾頭髮，環視四周，像是很好奇衣服的主人在哪裡。女人指一指電視，球評和主播已經開始談論即將開場的比賽。傑伊渾身泛紅，坐到沙發上。熱水緩解了緊張情緒，他不時露出微笑。

傑伊吃著女人端來的草莓，沉醉在足球比賽中。見此情景，女人突然有種身體漂浮在半空中的心情。像是服用過量抗憂鬱藥時的感覺，但是略有不同。好像有人在她大腳趾上打一個小洞，注入一種叫做「幸福感」的氣體。她讓素昧生平的少年進屋，吃她準備的食物，觀看地球另一端所進行的足球比賽，這些事情爲什麼令她如此高興？然而，升到高處同時也令人不安。毋庸置疑，氣球一旦洩氣，重力會把她拉下來，重重地摔在結結實實的世界，就像一年前一樣。

「喂。」

「嗯？」

聚精會神在足球上的傑伊，聽到她的叫聲轉過頭來。

「現在就走吧。我希望你馬上離開。」

「啊，現在嗎？」

傑伊一副不明就裡的表情看著她，接著又問說：

「我的衣服呢？」

「你的衣服？」

「剛才不是說要拿去洗嗎？」

她用手按住額頭。

「啊，那個。那個呀，現在正在洗。」

「那該怎麼辦？」

「好吧，這樣的話，那就先待著吧。不過你一定得走，衣服乾了就走，知道嗎？很抱歉，真的很抱歉。」

「不會，我也是那麼想的。衣服要是沒洗，我就可以直接走了。」

傑伊的語氣雖然謙恭，卻很冷淡。

「好，很抱歉，我沒想到。不過，衣服洗乾淨了也很好吧？」

「也是。」

「接著看足球吧，衣服乾了就告訴你，用烘乾機很快就會乾。」

「沒有乾透也沒關係。」

傑伊把頭轉回電視。球員跟著球像跳舞般移動。她走到後院抽菸，接著再次下定決心：衣服乾了就叫傑伊離開。她不想再回到吃抗憂鬱藥生活的日子。

她回到客廳時，上半場足球比賽已經結束。

「阿姨您自己住嗎？」

「不是。」

她說了謊。

「那麼，跟誰一起住啊？」

「這個嘛，確實跟一個人住。他剛出去，馬上會回來。」

她用橡皮筋把蓬鬆且散落的頭髮綁起來。

「阿姨您做什麼工作？」

「我？出版社的外包工作。」

「外包是什麼？」

「就是在家裡工作。」

她手指向桌上的校訂稿，旁邊有各種彩色筆和便利貼。

「你沒有家嗎？」

「沒有。」

她沒有再問。她準備自己的早餐，泡咖啡、切麵包，切好蔬菜灑上橄欖油，再放上小番茄。傑伊儼然像家裡的兒子，坦然地坐在沙發上，視線固定在電視上，接過她遞過來的沙拉盤，開始吃起來。那副景象，看起來很美好。傑伊聚精會神地觀賽，直到下半場結束。曼聯足球俱樂部贏了。比賽結束開始播出廣告時，傑伊睡著了，身體慢慢倒向一邊，最後蜷身橫躺。女人拿來被子幫他蓋上。本來以為傑伊睡著了，他卻輕聲說：「謝謝。」

女人安靜地走進房間，開始處理當天必須交給雜誌社的稿件。她通常會重複看兩三次，仔細校閱，可是那一天沒有那麼做。大概看完整理好後，即使截稿時間還沒到，還是以電子郵件寄出。之後她便坐立不安地在客廳進進出出，偷看熟睡中的傑伊。為了不讓早晨的陽光影響他的好眠，她把窗簾放下，平常工作時一定會聽的廣播節目，也沒有打開。

傑伊一直睡到傍晚都沒有醒，家裡瀰漫一股沉甸甸的睡意。她回到臥室躺下，很快就進入夢鄉。那是一個黑暗的夢。一個少女走向平時常說自己很可愛的警察身邊，警察見到她白色裙子上的血跡，猜測到發生了不好的事情。然而，少女無法說話。警察帶少女去醫院，醫師叫她張開嘴巴，然後仔細查看。應該是爲了採集證據吧，在夢裡完全不覺得奇怪。警方終於掌握犯人的身分，警察全副武裝去找嫌疑犯。然而，嫌疑犯的穿著和他們一樣，他也是警察。警察逮捕嫌疑犯，把他像狗一樣拖走。接受調查的嫌疑犯警察，突然拒絕審訊，猛然站起來擦掉寫在牆上的罪名（強姦傷害），在旁邊歪歪斜斜地寫上「暴力」之後，大聲吼叫：

「這個案件不是強姦，是暴力！」

女人睜開眼睛。傑伊正爬進她的懷裡。她還沒有從夢中清醒，無意識地將手伸進傑伊的腋下，把他拉上來。他身上有一股自己的洗髮精和肥皂的味道，這讓她更放鬆。不過，當傑伊溫熱的氣息碰觸她下頦的刹那，她猛然意識到不是在夢中，驚嚇之餘將他推開。只是已經太遲，傑伊熟練地欺身而上。她奮力掙扎，梳妝臺上的鬧鐘掉到地上，電池彈了出來。傑伊在她耳邊悄悄地說：

「阿姨，對不起。不要動就可以了，我知道該怎麼做。」

我知道該怎麼做。聽到乳臭未乾的少年這麼說，她突然感到全身無力。道德猶如河堤，雖然在某個程度上可以維持自我，一旦潰決，將一發不可收拾。閉上眼睛的話，眼前依稀可見剛才夢中的少女，那是渴望復仇卻無法說話的少女。睜開眼睛的話，眼前是臉色緋紅的少年，正期待著即將來臨的快感。她當時沒有感到罪惡，只覺得人生持守至今的某個部分在坍塌。不過她並不覺得反感。正當她想投入到甜蜜的放縱之際，強烈的責難聲在她體內爆發。

「不該經歷的事情，索性不要經歷。」

那不是禁止和未成年者性交，絕對的道德籲求。她內心所存在的監督者，與其說是將普通的道德規範內化的哲學家，還不如說更像宗教裁判所的審判官。審判官總會將她的快感視爲問題，包括第一次吸菸時，第一次知道酒精的愉悅時，當她懂得在桌角邊緣摩擦胯間會有快感時，最先責怪她的都是這個宗教審判官。此外，這個審判官總是借用母親的嗓音，指責說不管怎樣錯都在妳，只要妳一開始做得好，如果妳能夠控制妳骯髒的欲望，就不會發生這種事情。就像執著的偵探，總是回溯過往找出控告的依據；或者是拷問專家，不擇手段進行拷問，甚至不讓人睡覺。陰險的魔鬼耳語著，只要活著就無法擺脫審問。

她合緊雙腿，用手肘打傑伊的下巴，接著大聲叫喊。

「不要，別這樣。不要，不要，叫你別這樣了。」

傑伊停下動作。

「……還以爲妳會喜歡。」傑伊說。

「你這孩子到底在做什麼？」

傑伊沒有回答。她推開傑伊的身體。又熱又硬的東西擦過她的大腿，她裝作不知道。

「是我的錯。」

她整理散亂的衣服說。

「不，是我不對。」

「不，不是那樣。我一開始就不應該讓你進來。」

「對不起。」

「男人女人一起睡覺……」

她對還沒有從床上離開的傑伊說。

「是分享羞恥，能明白我說的是什麼意思嗎？」

她的呼吸仍然急促。

「我想我明白。」

「不，你好像不明白。聽好了，那是兩個準備好分享羞恥的人做的事。沒有這一點，和自慰沒有什麼兩樣。」

「我想在這裡。」

「你在說什麼？」

「我覺得好像得爲您做點什麼，才能待在這裡。」

「做點什麼，是指這個？」

「對。」

「你很有經驗啊。」

傑伊沒回答，反而笑了起來。女人見此，忍不住冷冷地說：

「你到廁所做吧，做完腦袋就會清醒。」

「現在沒事了，眞的。」

「那麼你把衣服穿好，有人會來。」

「不會有人來的。」

「你怎麼知道？」

「就是知道。看起來不像在等人。」

她說有人會來，並不是謊言，不過的確說不上在等人。有時候，我們等來的並不是原先所等待的，事實上，說不定那才是我們眞正在等待的。就像你一樣。

「你有點古怪，不像孩子，也不像大人。」

「是嗎？」

好一陣子兩人都沒有說話，只是各自坐在床頭和床尾。

「其實，我有個地方有毛病。」

女人像是隨口一說。

「哪裡？」

「這裡。」

女人指著自己的胸口，語氣就像在說腳踝扭到了。

「怎麼了？」

「說是癌。」

「癌？」

女人提到「癌」的時候，語氣像拿著沉重的保齡球，而傑伊口中說出同一個詞，聽起來像是在複述第一次聽到的熱帶水果名字。她可以明顯感覺到兩者之間的輕重。對傑伊而言，那只是一個遙遠的單字，就像銀河系裡的一顆行星。然而，她能夠感覺到那個東西在她的體內生根，那一團不祥的癌細胞。

「那要怎麼辦？」

「說不定得切除。」

傑伊膝行靠近她，她沒有阻攔。

「是這個嗎？」

傑伊掀開她的衣襟，用他細長白皙的手指握住她柔嫩的乳房，看起來好像在衷心哀悼即將失去的珍貴之物。她心裡因此感到安慰。

「是的，是這個。」

「好。」

傑伊像是尋求同意一般看著她。她點點頭。傑伊低下頭，用嘴含住她的乳頭。

「隨便你吧，那已經不屬於我了。」

傑伊將嘴巴從乳頭移開，問說：

「那，是誰的？」

「是醫院的，當他們宣布那裡有癌細胞時，就變成他們的。我的身體再也不屬於我了。」

「那麼，現在是我的。」

「是，是你的，拿去吧。」

傑伊像重新入水的潛水夫，深吸一口氣，再次含住乳頭。接著是一段短暫的沉默。女人感覺到的不是性方面的緊張感，而是類似將全身泡在溫水中的安穩。

「您什麼時候知道的，這個癌？」

「前天。」

「才剛知道呀，嚇到了吧？」

她想了一會兒。我被嚇到了嗎？不管怎樣，她的確一整天都想著這件事。

「嗯。」

「可是，癌到底是什麼？」

「你不知道癌？」

「不是很清楚。」

「癌是一種不斷生長的細胞。所有的細胞都會死，可是癌細胞不會，永遠在生長。」

「能量，啊，不對，生命力眞強。這麼聽起來，好像是什麼遊戲角色。」

「沒錯，癌本身充滿生命力，可是人會因爲那可怕的生命力而死亡。」

「阿姨也會死嗎？」

「只要是人都會死。」

傑伊雙眼緊閉，開始吮吸她的乳房，好像在施法似的。她低頭看著傑伊有著濃密淺褐色髮絲的頭頂，哭了一會兒。這是懺悔的眼淚？還是自憐的眼淚？即使想著這些，乳頭還是變得堅挺。她將傑伊的頭從身上推開。

「你的技巧不像只做過一兩次啊？有女朋友嗎？」

傑伊說起流浪時經歷的事情。胡鬧的青少年，近乎野蠻、毫無節制的暴力與性；被虐待的少女，以及靠少女賺來的錢維生的少年。傑伊雲淡風輕的敘述令她震驚，身體變得僵硬。

「在電視上看到的時候，還想說不至於有這種事情吧。」

「據說只要是人類想得到的事，就會成爲事實。」

傑伊淡淡地說。

「誰說的？」

「電視上一個科學家說的。」

「我曾經想過可能會有這種事情，不過，沒想到會實際遇到經歷過這些事情的人。」

「不是說就算在體內也不知道嗎？我是說癌。像我這樣的孩子，大家也完全看不到，就像透明人，咻一下就擦肩而過，只是讓人們覺得有點不自在和不舒服而已。實在嚴重的話，剷除就是了。」

傑伊把頭髮往上撥。她心裡想著，明天該帶這個孩子去美容院了。

「過於自輕自賤並不好。」

「什麼是自輕自賤？」

「就是過度瞧不起自己。」

傑伊噗哧一笑。

「您說得委婉多了。」

「原來你是堅強的孩子呀。」

「這個嘛，只是覺得不能變得軟弱。」

「我弟弟等一下會來。」

「眞的有人要來啊。」

「本來就住在一起。他這幾天去外地，今天會回來。」

她把坦露的乳房塞進衣服裡，感覺到一股冰冷的陌生感。

「那麼我走了。」

「待著也可以。」

「眞的嗎？」

「說不定跟你合得來，不過也可能完全合不來。你就說來跟我學畫畫。啊，還有……」

「是？」

「能不能不要叫我阿姨？」

「那要叫什麼？」

「大家都叫我陳老師。我姓陳。」

以上是她寄來的文章開頭，接著提到她弟弟回家，然後傑伊在她弟弟的店裡打工等等。人們面對小說家時常出奇的誠實，往往令我感到驚訝。是什麼原因促使他們安心地把故事說出來呢？是相信一旦跨入小說的領域，任何價值觀都將成為相對的，都將被重新定義嗎？不然的話，是想進入傑伊神話的欲望使然？她曾經試著以傑伊為中心書寫某種故事，這一點明顯可見，只是似乎因為某種理由再也寫不下去。或許是因為癌症惡化，或許是因為自覺到對傑伊的了解還不夠。

陳老師文章中的傑伊性格，和我想像中的樣子略有差異。她眼中的傑伊，自然與東奎知道的傑伊有所不同。她所記錄的時間，大概是傑伊離開漢娜家，獨自在首爾流浪的時候。傑伊嚼生米，以苦行者的模樣去找東奎之前，在陳老師家曾經有過一段安穩的日子。我整理出一些想問的問題，寄給陳老師。我把我的疑問合在一起後，奇妙的發現像是基督徒的信仰告白。特別是最後一句。

「您相信傑伊如果活著，遲早會再次出現嗎？」

我發出的信，沒有收到回覆。

此後過沒多久，我接到木蘭的電話。我正好因為其他事情來到首爾。木蘭在電話中張口就說，自己很快就要去溫哥華。父親勸她回學校念書，就算已經有點晚了。她決定聽父親的話。她問我能不能在機場短暫見一面，還說很抱歉先前在醫院一聲不響就離開。

我在仁川機場見到臉頰變得豐潤的木蘭。她看起來好多了。為了遮住義眼，她戴了墨鏡。木蘭的父親風度翩翩，臉上的表情顯示，女兒願意去溫哥華讓他頗為安慰。他低聲說，在這裡可沒什麼好事。木蘭的父親說要去換錢和買東西而暫離。

「您問過當時東奎在哪裡吧？」

在我寫的文章中木蘭還是青少年，現在站在我面前的，卻是一個成熟的女人。我說話的態度也變得客氣。

「是。」

「東奎出賣了傑伊，所以留在後面。因為他知道前面有什麼在等著。」

「不是，他知道的沒那麼多。」

「叔叔您怎麼知道？」

「我見過和東奎連絡的警察，他說東奎只報告傑伊車隊的移動路線。」

「是嗎？那您為什麼要見我，如果您什麼都知道了？」

「妳是怎麼知道東奎背叛的事？」

「東奎告訴我的。傑伊變成那樣以後，他每天都來醫院找我哭訴。我一隻眼睛失明了，他還在我面前哭哭啼啼，我看了很厭煩，有一次發了很大的火。當時沒那麼做就好了。」

「他覺得傑伊在某個地方活著嗎？」

「傑伊總是說自己可以讓靈魂出竅，附身在其他東西上面。所以東奎認為傑伊不是附身在人身上，而是附身在某個機器上了，因此總是和他說話……不過，我不相信那些話。我覺得傑伊自殺了，他也許知道東奎背叛了他。」

木蘭的腿抖得很厲害，雙手不斷揉搓桌上的餐巾紙。

「現在回想起飆車，有什麼樣的感覺？」

木蘭抖動中的腿停了下來。

「爽死了，真的爽爆了。不過現在只有一隻眼睛，距離感減弱了，一想到再也沒辦法騎車，情況就越嚴重。我到現在還會夢見當時。奇怪的是夢裡沒有傑伊，只有我一個人騎，像這樣彎腰把身體貼在摩托車上……」

木蘭興高采烈地伸直雙臂、上半身向前趴，擺出騎摩托車的姿勢。

「如果明天要死了，今天就去騎摩托車。」

木蘭笑著說。我看一眼手錶，她離開的時間快到了。我將寄給我的文章，扼要地說給她聽。

「沒聽傑伊說過那時候的事情嗎？」

木蘭想了一下，開口說：

「好像有，他說過那個阿姨的事情。不過，名字不是什麼陳老師，叫什麼來著？反正，傑伊出事後，聽說她加入了青少年飆車諮商團體。她和東奎也很熟。」

至此，拼圖完整了，陳老師就是Y。我的眼前浮現她擁抱東奎時凹陷的雙頰。當我埋怨寫不下去時，她忠告說「聽就行了」，這其實是對自己說的。

「我好像認識她……」我對木蘭說。

「很熟嗎？」

「這個嘛，雖然不是那麼熟……不過好像也可以說很熟……」

這個問題很難回答。

從事實出發的不一定都是事實，從想像出發的也不見得都是虛構，這就是小說的世界。我只讀了她寫的一篇文章而已，也許她對我來說，變得更陌生了。

「怎麼那麼複雜，熟就熟，不熟就不熟。」

這時，木蘭的父親突然回來了。不知道原本就寡言少語，還是對我有成見，幾乎不願意和我搭話。木蘭拿起喝過的冰咖啡站了起來，以沉穩的腳步走向出境大廳。我和父女倆分開後，在走到停車場的路上好幾次從口袋裡拿出手機，猶豫著要不要打電話給Y，最後決定不要打。她把文章寄給我時，想說的話都已經說了。我也應該以這篇文章做為回覆。

我坐上車啟動引擎，開往回家的方向。離開機場快速道路，一進入首爾，就開始見到摩托車。快遞司機戴著黑色安全帽，穿戴各種保護裝備，交通號誌一變便急切地衝到前面，看起來就像來自未來的生化人。我快到家時，一輛送披薩的摩托車突然從巷子裡衝出來。穿著紅色制服的機車騎士和我的目光短暫相會，那是冷淡又漠然的目光。他確認我踩煞車減速之後，便彎腰急踩油門。機車排放的白色煙霧擋住了我的視線一會兒。只見摩托車已然揚長而去。

如今，幾乎沒有人記得那場光復節大飆車。在那之後，儘管也有年度例行活動似的大飆車，不過都沒能重現那一年的瘋狂。大飆車逐漸成為微不足道的事情。朴勝泰警衛主導的特別任務小組所提出的飆車應對方案，側重於預防，而不是取締。因此，警方的應對變得較有效率。對於參與飆車的青少年，警方將個人資料作成黑名單進行管理，並且發出大飆車前夜禁止外出的公文，要求他們待在家中。對於有飆車經歷的青少年，警方不時寄送警告訊息。法院也開始沒收做為犯罪工具的摩托車，此舉影響很大。對於飆車族來說，沒收摩托車等於奪走他們的全部財產。不過，有相當多的飆車族認為，大飆車沒落是因為沒有傑伊。傑伊主導的那一年大飆車成為傳奇，至今每到三一節和光復節前夕，依然有傳聞流傳說傑伊還活著，也有人預言說他將在大飆車時現身。

冬天已然接近尾聲，迫不及待的樹木已經開始發芽。在西北風吹動窗戶的某個冬日深夜，為了在進行已久的原稿上寫下「完」字，我坐到書桌前。回顧過去，我得到了很多人的幫助，藉此機會傳達感激之情。然而，如果只允許我向一個人表示感謝，我想那個人正是東奎。多虧這位朋友，我才發現腳下所存在的廣闊原野。願你在遙遠的國度安息。

我聽見你的聲音
너의 목소리가 들려

作　　者　金英夏
譯　　者　安松元
封面設計　朱疋
封面圖像　楊忠銘
內文排版　高巧怡
行銷企畫　劉育秀
行銷統籌　駱漢琦
業務發行　邱紹溢
業務統籌　郭其彬
特約編輯　謝麗玲
責任編輯　吳佳珍
總 編 輯　李亞南
發 行 人　蘇拾平
出　　版　漫遊者文化事業股份有限公司
地　　址　台北市105松山區復興北路331號4樓
電　　話　（02）27152022
傳　　真　（02）27152021
服務信箱　service@azothbooks.com
營運統籌　大雁文化事業股份有限公司
地　　址　台北市105松山區復興北路333號11樓之4
劃撥帳號　50022001
戶　　名　漫遊者文化事業股份有限公司
初版一刷　2020 年 05 月
定　　價　新台幣340 元

ISBN　978-986-489-387-4

This book is published with the support of the Literature Translation Institute of Korea (LTI Korea).

國家圖書館出版品預行編目(CIP)資料

我聽見你的聲音 / 金英夏 著;
安松元譯. -- 初版. -- 臺北市 : 漫遊者文化出版 : 大雁文化發行, 2020.05
256面 ; 14.8×21公分
譯自 : 너의 목소리가 들려
ISBN 978-986-489-387-4(平裝)
862.57　　109005587